Francis
Scott Key
Fitzgerald
NO.
02

Francis Scott
Fitzgerald

史考特・費茲傑羅 著

劉霽 譯

富家子
The Rich Boy

費茲傑羅短篇傑作選2

目錄

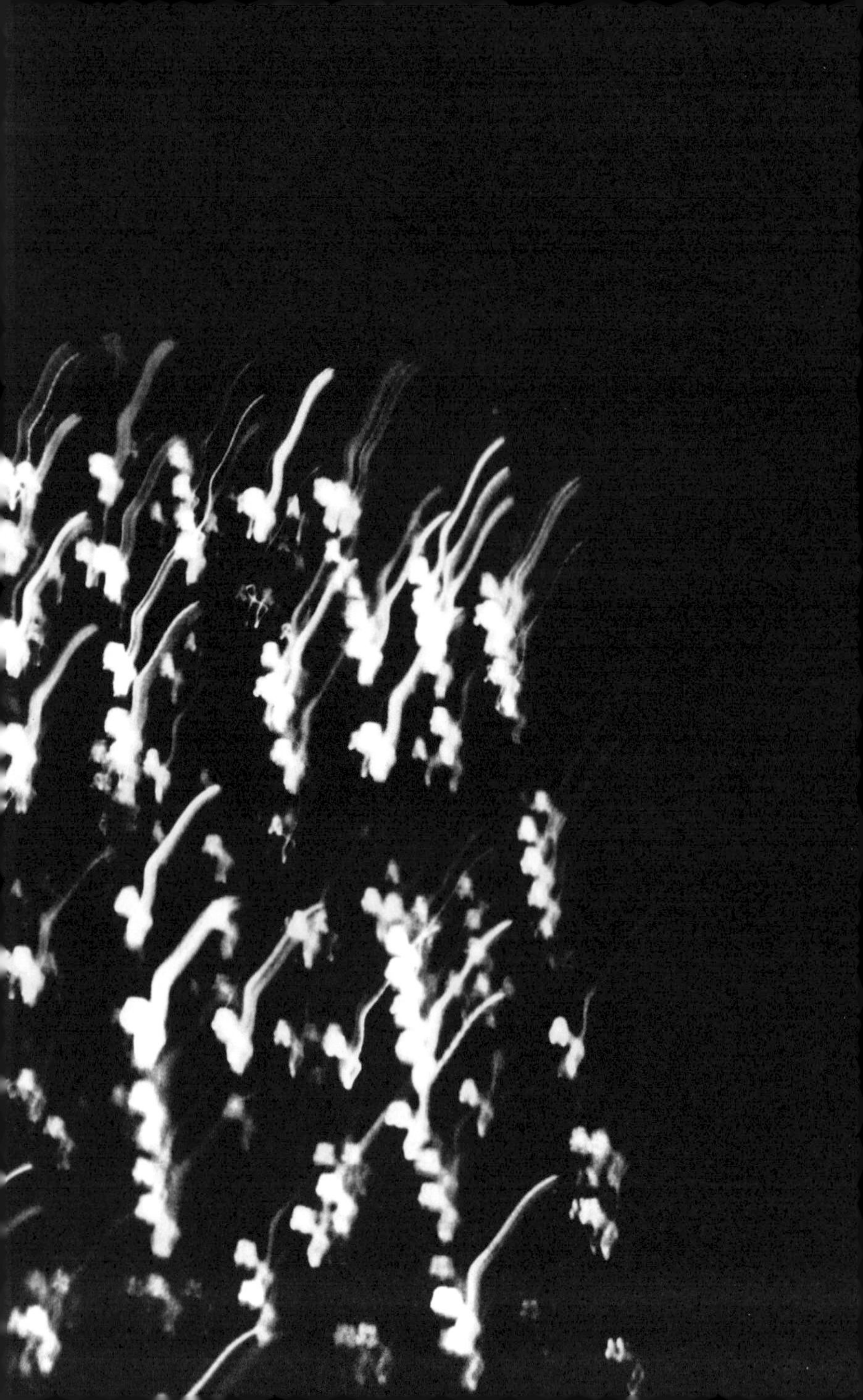

富家子
The Rich Boy

⊠

1.

先是自某一個體開始，不知不覺間，你會發現自己建構出某種類型；再由某種類型起步，你會發覺自己建構了——什麼也沒建構。那是因為我們全都是怪胎，藏在面孔與語音背後的我們，遠比人前的我們，或自身所知的我們更為古怪。每當我聽到誰自稱是「平凡、誠實、坦率的人」，就曉得這人必然有些確切甚或極端反常之處，而他決定將之悄悄掩蔽——而這堅稱平凡、誠實、坦率的舉動，正淪為他提醒自己犯了窩藏罪的一種方式。

這篇故事不談什麼類型，不談什麼複數群體，就只講一個富家子弟。這是關於他而非他同類之人的故事。我一輩子都在他的同類之間打轉，但這人一直是我的朋友。再說，若我真要寫他那些同類人，開篇就該抨擊所有窮人為富人以及富人為自己編扯的謊言——他們建立了一套如此荒誕的結構，讓我們每每拾起關於有錢人的書都會反射性地準備走入虛幻世界。即便是聰明且熱情的生活新聞記者，也將富人的世界描繪得有如虛幻仙境般不真實。

讓我跟你說說真正的有錢人。他們跟你我皆不同。他們擁有且享受得早，這對他們造成了一些影響，使得他們在我們強硬之處柔軟，在我們不疑有他之處置疑。其言行處事，除非天生富有，否則是很難理解的。在內心深處，他們自認比我們優越，因為我們還得自行尋求生命中的庇護與慰藉。即便當他們深深陷進我們的世界或淪落至我們之下的處境，依然自認高我們一等。他們是不同的。我能描述安森·杭特的唯一方式，就是把他當作一個外國人來處理，並執拗地固守我個人的觀點。只要我一時認同了他的觀點，就會迷失——呈現出來的就不過是一齣荒誕不經的電影。

2.

安森是六個孩子中的老大，終有一天能從那一千五百萬美金的財富中分得一杯羹。他在世紀之初剛好進入了懂事的年紀（是七歲嗎？），當時膽大無畏的年輕女性已經駕起電動「車」沿著第五大道飛馳了。那時候，他和他的弟弟有一位英語說得字正腔圓的英國女家教，於是這兩個男孩說起話來也像她一樣——他們的咬字和斷句皆清晰分明，不像我們這樣含糊不清。他們的談吐並不完全像個英國小孩，但已具備一種紐約上流人士特有的口音。

每到夏天，六個孩子便會從七十一街的住處遷進康乃狄克州北部的一個大莊園。該塊地方並非高級住宅區——安森的父親想盡可能延後孩子對那種生活的認識。他多少超越了所屬階層（紐約的社交圈即由這一階層所構成）及所屬時代（也就是勢利膚淺、庸俗當道的鍍金年代★），希望自己的兒子能養成專心致志的習性、擁有強健的體格，並逐步長成正派且成功的人士。他和妻子竭盡所能照看著兩個最年長的男孩，直到他們離家就學為止，但這在深宅大院中並非易事——在我度過青春歲月的那種小型或中型房屋社區倒是好辦得多——我從不曾遠離母親的呼喚聲，也無時無刻不感覺到她的存在、她的認可或否定。

當待在康乃狄克村莊的安森意識到人們總半情不願地投來美國式的敬意，這才首次察覺自己高人一等的地位。玩伴們的父母從不忘問候他的雙親，也會在孩子被邀請至杭特家做客時暗自竊喜。他將這視作天經地義，也對所有不以他為中心的群體感到些許不耐——不論是金錢、地位，還是權威

★源出馬克・吐溫的小說，指的是一八七零年代到二十世紀初的美國，在工業擴張繁榮的表象下，隱藏著嚴重的腐敗及貧富差距等社會問題。

的中心——而這種感覺自此伴隨了他一生。他不屑與其他人爭先恐後——而是指望別人無條件的禮讓，若不然他便退回家中。家中樣樣不缺，畢竟在東岸，財富多少還帶有一點封建色彩，是一種能凝聚宗族的東西。反觀勢利的西岸，財富只會讓家族分崩離析，各自「結黨營私」。

年滿十八的安森前往紐黑文★時，塊頭已高大結實，過去有條不紊的在校生活也讓他膚色白淨、氣色健康。他一頭黃髮，黃髮還以某種可笑的方式在其頂上生長，再加上他那副鷹勾鼻，讓他稱不上英俊，卻散發著自信的魅力和簡慢的風度。上層階級的男士在街上與他錯身而過時，不用問也知道他是個富家子弟，上過一流的名校。然而，正是他的優越感讓他在大學裡算不上成功——獨立自主被誤認為自尊自大，拒絕帶著當有的敬畏去接受耶魯的規範又似乎在貶低所有循規蹈矩的人。因此早在畢業前，他便開始將生活重心往紐約移轉。

他在紐約如魚得水。他在那兒有自己的房子，房子裡還有「打著燈籠也找不到的好家僕」；有自己的家人，在他的好脾氣和某種能讓諸事順利運作的能力下，迅速開始以他為中心打轉；有為社交新媛籌辦的晚會，亦有專屬於雄性天地、貨真價實的男士俱樂部，也不乏與那些紐黑文上層子弟只遙望不願近觀的豔情女子偶一為之的狂歡樂事。他的抱負也夠傳統了——其中甚至包括「終究得步入婚姻」這無可厚非的陰鬱前景。但這些抱負不同於大多數年輕男士的想望；這些抱負沒有罩上任何曖昧模糊的外衣，沒有摻和各種名為「理想」或「幻像」的特質。安森毫不保留地接受這高度聚歛和高度揮霍的世界，這充滿離異和放蕩、勢利及特權的世界。我們的人生大多以妥協作結——他的人生卻以妥協揭開序幕。

★康乃狄克州第二大城，耶魯大學所在地。

我和他相識於一九一七年的夏末；當時他剛離開耶魯，和我們這些人一樣被捲進了戰爭這系統化的歇斯底里之中。他穿著一身藍綠色的海軍航空員制服，南下至佛羅里達的彭薩科拉，當地旅館的樂隊會演奏〈對不住，親愛的〉，我們這群年輕軍官便跟女孩子翩翩起舞。每個人都喜歡他，而且就算他跟酒徒為伍又並非特別優秀的飛行員，教官們仍待他以某種程度的尊敬。他總是以那自信滿滿的嗓音和清晰的口條與他們促膝長談，談到最後又總能讓他自己，或——較常見的情況是——讓其他軍官擺脱某些臨頭之禍。他飲酒作樂、放蕩下流，不知饜足地貪慕享樂，於是當他跟一個保守又頗為循規蹈矩的女孩墜入情網，我們全都吃了一驚。

女孩名叫寶拉．勒讓德，是位有著深色肌膚和嚴肅表情的加州美女。她家有間避寒宅邸就在城外，而她儘管不苟言笑，卻廣受歡迎；絕大多數的男人會因自我本位作祟而無法忍受有幽默感的女人，但安森不是那種人，我也不明白她「真誠」的魅力何在——那是她最為人所稱道之處——竟能吸引他那敏銳甚至有點玩世不恭的心靈。

無論如何，他們相愛了——而且凡事她說了算。他不再參加黃昏時分於德索托酒吧舉辦的聚會。不論誰在何時見到他們，都會發現這兩人正進行冗長、嚴肅的對談；這情況想必已持續好幾週了。許久之後，他告訴我那些談話沒有特定的主題，只有雙方不成熟、甚且無意義的陳述——逐漸充盈其間的實質情感並非靠言詞滋長，而是源於字裡行間那巨大的嚴肅性。那是一種催眠，通常會受我們稱之為玩笑的那種疲軟情緒所干擾而中斷；當他們倆獨處時，那種狀態便會恢復，莊嚴肅穆、低調克制，彷彿要讓彼此共享一種在情感與思想上都合而為一的感覺。漸漸地，他們變得對任何干擾感到憤慨，也開始對生活中的各式諧謔，甚至同輩之人溫和的譏諷毫無反應。他們只有在對談持續進行時才會感到愉快，其莊嚴的氛圍就像營火的琥珀色光芒般洗浴著他們。到了後來，一種他們並不拒斥的干擾生成了——情慾開始介入他們之間。

說也奇怪，安森跟她同樣沉溺於對話中，並深受感動，卻同時意識到自己多半言不由衷，而她的言詞又多半淺顯得乏味。起初他也瞧不起她情感上的單純，但有了他的愛，她的秉性便愈加濃烈和富麗起來，讓他再也無法鄙視。他感覺只要能進入寶拉溫暖且安全的生活中，自己就會幸福。漫長的對話準備過程削去了所有拘束——他將一些從更具冒險精神的女人身上學到的教給她，而她報以全心全意的虔誠激情。某天晚上的舞會結束後，他們互許終身，他還動筆給母親寫了封長信介紹她。隔天寶拉告訴他自己很富有，擁有將近一百萬美元的私人資產。

3.

情況彷彿就像他們得以高喊：「既然我們一無所有，那就一塊兒窮吧」那般令人欣喜，只不過他們會一塊兒富有。這讓他們共享著冒險的親密感。然而當安森於四月得閒離開，與母親相偕陪他北返的寶拉仍對安森家族在紐約的名望，及他們生活的豪奢程度感到震撼。首次跟安森同處於他兒時玩耍的房間時，她內心滿溢著舒適的情感，只覺好似特別安全、特別備受呵護。安森頭戴無沿便帽上幼兒學校的照片、安森在某個已遭遺忘的神祕夏日與當時的心上人同騎在馬背上的照片、安森在某場婚禮與一群男女儐相的歡樂合照，在在叫她為那段她未能參與的過去心生嫉妒。而眼前的安森本人似乎如此完整地囊括並呈現著這些所有物的特質，令她不禁興起即刻完婚，以他妻子的身分返回彭薩科拉的念頭。

無奈始終無人提及即刻完婚的事——就連婚約都要等到戰爭結束後才能

公開。當她意識到安森的假期只剩兩天，心中的不滿便凝聚成一種意圖，打算讓他同樣感到迫不及待。他們正要驅車下鄉共赴晚宴；她決心當晚一定要有個結果。

當時寶拉的一位表姊跟她們同住麗池酒店。她是一個尖酸刻薄的女孩，疼愛寶拉，但多少又嫉妒她這門令人欽羨的婚事。寶拉梳妝耽擱了，這位沒有要參加晚宴的表姊於是在酒店套房的起居室接待安森。

安森五點時先跟幾個朋友碰了面，並同他們開懷暢飲了一小時。他適時離開耶魯俱樂部，讓母親的司機載他到麗池，但他平日的風範已不復見，加上起居室裡的水蒸式暖氣吹得他突然一陣頭暈目眩。他自知有失體面，既感抱歉又覺好玩。

寶拉的表姊雖已二十五歲，但格外天真，一開始還搞不清楚是怎麼回事。她從沒見過他，而當他咕噥著奇言異語並差點摔下椅子時，她還嚇了一跳。直到寶拉現身前，她想都沒想過那原以為是軍服乾洗後的味道，其實是威士忌的酒氣。但寶拉一進房就明白了，接著只想趁母親瞧見安森之前把他給弄走。而表姊看到她的眼神，頓時也領悟了。

寶拉和安森下樓準備登上那輛豪華禮車時，發現車內還有兩個男人，都在呼呼大睡；他們正是與安森在耶魯俱樂部共飲的人，也正是晚宴的賓客。他壓根兒忘記他們也上了車。他們在前往漢普斯德的路上醒了，還唱起歌來。其中有些歌詞相當粗鄙。儘管寶拉要自己試著諒解有點口無遮攔的安森，她的嘴唇仍因羞恥與厭惡而愈加緊閉。

旅館內那位既困惑又激動的表姊把事情想了一遍，然後走進勒讓德太太的臥室。她說：「他可真有趣，對吧？」

「誰很有趣？」

「杭特先生啊。他樣子真有趣。」

勒讓德太太嚴厲地看著她。

「怎麼個有趣法？」

「哦，他說他是法國人。我還不知道他是法國人啊。」

「荒謬。你一定是誤會了。」她笑著說：「那只是玩笑話。」

表姊頑固地搖搖頭。

「不是。他說他是在法國長大的，還說他完全不會說英語，所以無法跟我聊天。他真的沒辦法！」

勒讓德太太不耐地撇過頭去，此時表姊則若有所思地補了一句：「或許是因為他喝太多了。」便走出房間。

這奇怪的小報告打得一點都不離譜。安森發覺無法控制自己開始變得含混的口齒，便採取了不尋常的權宜之計：宣稱自己不會說英語。多年以後，他常講起這段往事，且每回憶及這些片段總不免一陣捧腹。

接下來的一小時裡，勒讓德太太打了五次電話到漢普斯德。電話終於接通後，她又等了十分鐘才聽見寶拉的聲音從電話線那端傳來。

「你喬表姊跟我說安森喝醉了。」

「不是的……」

「就是。喬說他醉了。他跟她說自己是法國人，還摔下椅子，一副就是爛醉的模樣。我不希望你跟他一道兒回來。」

「媽，他沒事！請別擔心……」

「但我就是擔心。我覺得很可怕。答應我，你不會跟他一道兒回來。」

「我會處理的，媽……」

「我要你別跟他一道兒回來。」

「好啦，媽。我掛了。」

「聽好，寶拉，務必請別人送你回來。」

寶拉刻意將聽筒拿離耳邊，然後掛上電話。她的臉因無可抑制的惱怒而脹紅。安森在樓上一間臥房裡睡得七仰八叉，樓下的晚宴則有氣無力地步入尾聲。

一小時的車程多少讓他清醒了些——他抵達時不過添了點熱鬧——寶拉

原指望這一晚還不至於全毀，但他又在餐前魯莽地灌下兩杯雞尾酒，災難已是避無可避。他高聲且稍嫌不遜地對著晚宴全場人士滔滔發表了十五分鐘的言論，語畢便悄悄溜進桌下；那模樣就像會出現在舊時版畫裡的男人，唯獨少了典雅的奇趣，反倒多了駭人的驚悚。在場沒有一個年輕女孩對此發表意見——當下似乎沉默是金。他的叔叔和另兩個男人將他抬上樓，緊接著寶拉就被喚去接電話了。

過了一小時，安森在焦慮苦惱的五里霧中醒來，一會兒後才瞥見他羅伯特叔叔倚著門站在這片迷霧之外的身影。

「……我說啊，你好點了嗎？」

「什麼？」

「感覺好點了嗎，老弟？」

「糟透了。」安森說。

「我再給你拿點頭痛藥來試試。你吞了藥應該會好睡很多。」

安森費了番勁才將雙腳滑下床。他站起身。

「我沒事。」他有氣無力地說。

「慢點兒來。」

「讓我喝杯白蘭地，我就能下樓了。」

「那怎麼成——」

「沒錯，那是唯一的辦法。我現在沒事了……樓下大概不怎麼歡迎我。」

「他們都知道你有點不勝酒力。」叔叔有些不以為然地說。「用不著擔心。斯凱勒連來都沒來。他在高爾夫球場的更衣室裡就醉倒了。」

除了寶拉，安森根本不在乎其他人的想法，但他仍然決定收拾這晚的殘局，只是等他沖完冷水澡現身時，多數賓客早已離去。寶拉立刻起身準備回家。

上了禮車之後，他們倆那老套的嚴肅對談又開始了。她知道他會喝酒，這她承認，卻沒料到會有這種場面——在她看來，或許他們終究不適合。他們的人生觀南轅北轍，諸如此類。等她說完後安森才開口，語氣非常清醒。然後寶拉說她得再仔細想想，今晚不會做決定；她並不生氣，但極為難過，也不會讓他送進旅館。但就在下車前，她悶悶不樂地湊過去親了親他的臉頰。

隔天下午安森和勒讓德太太長談了一番，寶拉則坐在一旁默默聆聽。雙方都同意給寶拉一段時間去好好思考這件事，而結果若是母女倆認為這樁婚事妥當，她們就會追隨安森到彭薩科拉。至於安森，他誠摯又不失尊嚴地道了歉——僅此而已；牌都在勒讓德太太手上，但她就是佔不了上風。他既沒作出承諾，也未顯謙卑，只發表了幾句嚴肅的人生感言，竟使他最後還帶著精神上的優越感脫身。待她們三週後來到南方，因再度相聚而滿心快意的安森和如釋重負的寶拉都沒有意識到，那心理上相知相屬的時機已不復再。

4.

他支配且吸引著她，同時又讓她滿心焦慮。寶拉對集穩健踏實與自我放縱、多情善感又玩世不恭於一身的他感到困惑為難——如此矛盾已非她高貴的心靈所能理解——遂開始認為他具有雙重人格。當他獨自一人或是身處正式的宴席、跟偶然出現的下屬在一起，她會看見他那強烈、迷人的風采與慈父般通情達理的身段，並極度引以為傲。然而在其他場合，當原本玉樹臨風、文質彬彬的紳士露出了另一張面孔，她就變得無所適從。這另一張面孔粗俗、滑稽、不顧一切只圖快活。她被嚇到只得將自己的心神暫時抽離他身邊，後來甚至曾暗地裡嘗試跟老情人往來了一小段時間，但終究無濟於事——被安森的活力籠罩了四個月之後，寶拉看其他男人都覺得蒼白氣弱。

七月他奉派海外，他們的柔情和慾望也攀向高峰。寶拉考慮過在最後一刻結婚，只因為他的氣息中總是有股雞尾酒的味道才作罷。但分別本身也讓她憂傷成疾。在他離開後，她寫了長長的信給他，惋惜彼此因等待而蹉跎的愛情時光。八月，安森的飛機墜入北海。他在水中沉浮了一夜，然後被拖上驅逐艦，發著肺炎進了醫院。一直要到停戰協議簽訂完，他才終於被遣送回家。

接下來的日子，儘管大好的機會重新降臨，儘管已無實質的障礙需要跨越，兩人的性格卻漸漸在雙方之間築起一道暗牆，乾涸了親吻與淚水，讓傳向彼此的呼喚聲越來越微弱，就連他們心靈間的親暱碎語都變得低不可聞，最後只有藉著相隔遙遠的異地通信才得以維持溝通。有天下午，一位社交圈記者在杭特家等了兩小時，只為了確認他們訂婚的消息。安森否認了；然而，最新一期的報導仍以頭條刊出——「持續有人在南安普敦、溫泉城和塔克希多公園村看到他們出雙入對。」不過那嚴肅的對談已轉為漫無止盡的爭吵，這段感情也差不多走到了盡頭。有次安森明目張膽地喝了個爛醉，以致與寶拉失約，她於是提出了一些行為主義上的要求。在他的自尊與對自我的認識之前，他的絕望起不了任何作用：婚約無可挽回地破裂了。

「我的最愛：」如今，他們的信中這麼寫道：「我最、最親愛的，當我半夜醒來，意識到這段緣分終究成空，我只想一死了之。我活不下去了。或許今年夏天見面時，我們可以再好好談談，作出不同的決定——我們那天都太過激動也太過悲傷，可是少了你，我覺得人生無以為繼。你提到其他人……難道你不知道，再沒有其他人適合我，只有你……」

但是當寶拉在東岸四處遊歷，又時不時提到自己的歡樂快活，想藉此讓他心神不寧。只是安森太過機敏，不會疑神疑鬼。每當他在她的信中讀到男人的名字，就覺得更加篤定，還產生些微的輕蔑——他對這種事向來不為所動。不過他仍希望他們倆有朝一日會結婚。

就在這段期間，他充滿活力地投身戰後紐約所有的光輝與躍動之中；他進入一間經紀公司，加入了五、六個俱樂部，還夜夜笙歌，遊走在三個世界之間——他自己的世界、年輕耶魯畢業生的世界，以及半座落於百老匯的風月世界。但他一天總有完完整整、不可侵犯的八小時是奉獻給在華爾街的工作，也憑恃著有力的家族關係、自身的聰明才智和源源不絕的精力，得以在幾乎頃刻間就出人頭地。他有那種如設隔間、能各自運作的珍稀頭腦；有時他睡不到一小時，卻還能神采奕奕地進辦公室，不過這種情況並不常有。所以在一九二零年代初期，他的薪水和佣金收入便已超過一萬兩千美元。

隨著耶魯的傳統漸成過去，他在紐約老同學間的風頭便越來越健，比他在校時更受歡迎。他住在一間大宅中，而且有辦法引介年輕人進入其他深宅大院。此外，他的生活似乎已無憂無慮，而他們大多數人則再次來到不穩定的新開端。他們紛紛開始向他尋求娛樂和逃避，而安森也欣然回應，並以伸出援手和打點他人事務為樂。

現在寶拉在信中已不提男人，倒是通篇貫穿著一種前所未有的溫柔語調。他從好幾個管道聽說她有個「重量級的追求者」：洛厄爾・塞耶，一個有錢有地位的波士頓人。儘管他確信她仍愛著自己，但一想到有可能失去她，還是會感到惶惶不安。除了不太稱心的一天外，她幾乎有五個月沒踏上紐約。流言炒得沸沸揚揚，讓他越來越急於和她見上一面。二月時，他告假南下佛羅里達。

沃斯湖市有如光燦的藍寶石，卻因四處停泊的船屋而略增瑕玷。豐滿富態的棕櫚灘就躺臥在它和巨型綠松石般的大西洋之間。「浪花酒店」和「鳳凰木酒店」兩座龐然大物如成對的肉瘤自明亮的沙灘層拔地而起，四周還簇擁著「舞動林間」、「布萊德利賭場」和十幾家貨價比紐約高上三倍的女裝及帽品店。在浪花酒店搭著棚架的遊廊上，兩百位女性右一跨、左一跨、轉身、滑步，做著名為雙曳步舞這風靡一時的健美操。音樂交替間，可聽見兩千只手鐲沿著兩百條手臂上上下下、噹噹啷啷作響。

入夜後，寶拉、洛厄爾、安森和湊數的第四人一同在濕地俱樂部打新式橋牌。她那張親切又認真的臉在安森眼裡顯得蒼白而疲憊——她遊走社交圈已有四、五年之久，他也認識她三年了。

「二黑桃。」

「要抽菸嗎？……喔，抱歉。我過。」

「過。」

「我賭倍，三黑桃。」

房內起了十幾桌牌局，菸霧盈室。安森一與寶拉四目相接，便緊盯著不放，就算塞耶的眼神落在兩人之間……

「叫什麼牌？」他心不在焉地問。

「華盛頓廣場的玫瑰——」

待在角落的幾名年輕人唱著：

「我在地下室的空氣中日漸枯萎——」

菸氣氤氳如霧，門一打開就好似滿室靈氣在隨風打轉。一隻隻明亮的小眼睛視線飛越過桌子，在大廳裝模作樣的假英國人之間尋覓柯南・道爾。

「濃得可以用刀劃開了。」

「……用刀劃開。」

「……用刀……」

三戰兩勝的牌局結束，寶拉突然起身，用緊張、低抑的聲音同安森說話。他們瞧也沒瞧洛厄爾・塞耶一眼就雙雙步出大門，走下一段長長的石階——再一轉眼，他們已手牽著手漫步在月光照耀的海灘上。

「親愛的，親愛的……」他們在陰影中不顧一切、熱情如火地擁抱……接著寶拉臉向後仰，好讓他的雙唇蹦出她所希冀的字句——再次親吻時，她可以感覺到那字句正在成形……她再度掙脫，傾聽，但當他又一次將她擁入懷中，她意識到他什麼也沒說——只是用那每每令她落淚，低沉、憂傷的耳語喚著：「**親愛的！親愛的！**」她的情感卑微而順從地臣服於他，她的淚水順著臉頰滑落，但她的心不斷吶喊：「向我求婚——哦，安森，我的愛，開口呀！」

「寶拉……**寶拉！**」

言詞像雙手擰絞著她的心，安森感覺到她的震顫，知道情緒已足。他已毋須多言，已毋須再將他們倆的命運託付給曖昧難解的話語。既然可以如此擁抱著她，又何必再空等一年——等到海枯石爛？他為他們倆的未來深思熟慮，且為她著想更甚於為自己。當她冷不防說必須回旅館了，有那麼一會兒，他遲疑著，心思百轉千迴，先是：「不是此時，更待何時。」然後是：「不，再等等吧——反正她是我的……」

他忘了，三年來的情感拉扯也已讓寶拉心力交瘁。她這般心緒那晚一去而不再。

隔天早上，他滿懷某種難以平復的不滿啟程返回紐約。車裡有位他認識的漂亮社交新媛，在兩天的路程中他們也都一同用餐。起先他跟她說了些寶拉的事，還揑造了一個難以為外人道的原由，當作他們倆不得不分開的說詞。那女孩性格狂野、衝動，因安森的掏心挖肺而心花怒放。他本可以像吉卜林★筆下的士兵，在抵達紐約前佔有她，幸好他清醒而自制。四月底時，他在毫無預警下接獲從巴爾港派來的電報；寶拉在電報中告知她與洛厄爾・塞耶訂婚了，馬上就會在波士頓完婚。他從不相信會發生的事終究還是發生了。

安森在當天上午用威士忌灌飽自己，然後前往辦公室埋首工作，半刻也不停下——害怕一停下，後果便不堪設想。夜晚他如常外出，對發生之事隻

★ Joseph Rudyard Kipling，英國小說家，作品常被後世論者認為帶有鼓吹帝國及殖民主義色彩，筆下士兵勇猛而佔有慾旺盛。

字不提；他親切熱誠、風趣幽默，沒有一點心不在焉的樣子。唯獨一件事他無法克制——有這麼三天，無論身在何處、與誰為伍，他都會突然將頭埋進雙掌之間，像個孩子般痛哭。

5.

一九二二年，安森和資淺搭檔出國考察倫敦部分貸款業務，而此行即意味他將晉升為公司的高層。他現年二十七歲，有點發福，但不至於過胖，還有一副比實際年齡老成的儀態。老老少少都喜歡他、信任他，為人母的也放心將自己的女兒託付給他，畢竟他每進入一個地方，總有辦法和其中最年長、最保守的那幾位打好關係。「你和我——」他似乎在說：「我們認真可靠。我們明辨事理。」

對於男人跟女人的弱點，他有種與生俱來且頗為寬厚的理解，這也讓他像個神職人員般格外注重外貌儀容的維護。每個星期天早上，他都會去一間時髦的聖公會主日學校授課——就算前一晚花天酒地，只要沖過冷水澡、迅速換上常禮服的外套就能令他判若兩人。有一次，基於某種共通的直覺，幾個孩子起身從前排挪至最後一排的座位。他經常講起這個故事，也經常引得聞者哄堂大笑。

父親過世後，他成了實質上的一家之主，也左右著晚輩們的命運。出於某些錯綜複雜的原因，他的權力未及於他父親的資產，而是由叔叔羅伯特管理。這位叔叔是家族中的賽馬愛好者，也是聚集在維特利山高級俱樂部的那批人中一位脾性敦厚、貪杯縱酒的會員。

羅伯特叔叔和妻子埃德娜曾是安森年輕時的摯友，前者曾因侄子未能在賽馬上展現其優越長才而感到失望。他背書推薦安森進入一個全美最難加入的城市俱樂部——只有其家族曾經「協助建設紐約市」（換句話說，在一八八零年之前就已致富）的人才得以入會——但安森入選後卻棄之於不顧，轉而加入耶魯俱樂部。羅伯特叔叔為此說了他幾句。後來安森甚至謝絕進入羅伯特・杭特那守舊又有點疏於經營的經紀公司。自此之後，他的態度便漸趨冷淡。他像個啟蒙老師，將所知所聞傾囊相授後，就從安森的生活中悄然離席。

安森這一生結交過許許多多的朋友——少有人未受過他非比尋常的好意，也少有人沒尷尬地領教過他偶爾滿口汙言穢語，或不擇時地、但求爛醉的惡習。每當有人捅出這類婁子，他就會感到惱怒——對自己的失態倒總是一笑置之。莫名所以的事在他身上發生，他就帶著深具感染力的笑聲複述。

那年春天我在紐約工作，常跟他在耶魯俱樂部共進午餐。我那所大學當時借用他們的俱樂部，直到我們自己的完工為止。我在報上讀到寶拉結婚的消息，後來有天下午我向他問起她，他一時心血來潮，便把事情的來龍去脈說給我聽。從那之後，他便頻頻邀我到他家參加家族晚宴，表現出一副和我交情匪淺的樣子，彷彿因他的傾心相告，那段刻骨銘心的記憶也有些許移轉到了我身上。

我發現儘管做母親的都信任他，他對女孩子的態度卻非一視同仁的關懷保護。那取決於女孩自己——如果她的行為傾向輕薄放蕩，就得自己當心，即便是在他的身邊。

「人生——」他有時會這麼辯解：「把我造就成一個玩世不恭的人。」他所謂的人生實指寶拉。有時候，特別在他喝酒的時候，腦袋便有點混淆，還會認為是她無情地甩了他。

這種「玩世不恭」，或不如說他意識到天性放蕩的女子不值得憐惜，引發了他和多莉．卡格爾的風流韻事。這不是他那段歲月裡的唯一一樁，但這一件險些深深觸動了他，並且對他的人生態度起了深遠的影響。

多莉的父親是一位臭名昭彰的「公共關係專家」，靠著婚姻才躋身上流社會。她本人則在長大後進入女青年協會★，出入於廣場飯店和議會之間；

只有像杭特家這種屈指可數的世家名門才能質疑她是否「夠格」，畢竟她的玉照時常登上報紙，且比諸多同為耀眼的女孩擁有更多惹人艷羨的關注。她有一頭深色頭髮、一雙胭脂紅唇及紅潤、可愛的膚色。這膚色在她出社會的頭一年都被粉灰色的脂粉蓋掉了，因為當時不興鮮豔的色彩——維多利亞式的蒼白才時尚。她身穿素淨的黑色套裝，站立時雙手插進口袋、身子微微前傾，臉上則掛著一抹滑稽的矜持。她舞技精湛——她對跳舞的熱愛勝過任何事，除了談情說愛以外。她從十歲就開始不斷墜入情網，通常還是愛上一些不會回應她的男孩。至於那些會回應她情感的——為數還不少——經過短暫的邂逅期之後就會讓她感到厭煩，但她總是將那些失敗保留在心中最溫暖的角落。只要與他們重逢，她就會再試一次——有時成功，但更常失敗。

這位高不可攀的吉普賽女郎從未想到，那些拒絕愛她的男士間其實有某種共通之處——他們皆擁有一種能看穿她弱點的銳利直覺。那並非情感上的弱點，而是對方向原則的缺乏掌握。安森與她初次見面時便察覺出這點，而當時寶拉結婚還不到一個月。他酒喝得很凶，整整一星期假裝出愛上她的樣子，然後猝不及防地將她拋諸腦後——瞬間，他就在她心中佔據了主導的地位。

如同那時代許許多多的女孩，多莉有種散漫率性的狂野。稍長一輩的踰規越矩只是戰後顛覆陳腐禮俗運動中的一個面向，多莉的沒規沒矩則更乏新意，也更顯寒酸。這樣的她卻在安森身上看到了情感無能的女性所追求的兩種極端：不可自拔的放縱與關切保護的力量交替出現。她感到他的性格既奢侈貪樂又安穩可靠，而這兩個特質滿足了她天性中所有的需求。

★一個由上層社會年輕女子組成的公益團體，志願從事社會福利工作。

她感覺到事情並不容易，但誤解了其中的原因——她以為安森和其家人指望更顯赫的婚姻，卻又隨即猜想他的好酒貪杯會是可趁之機。

他們於社交新人的大型舞會上結識，但隨著她的迷戀與日俱增，他們總會設法越來越常見面。跟大多數母親一樣，卡格爾太太相信安森分外可靠，所以容許多莉跟他跑到遙遠的鄉村俱樂部和郊區宅邸，且不會仔細盤問他們的活動內容，或在他們晚歸時質疑她的說法。那些說詞一開始或許千真萬確，但多莉擄獲安森的世故念頭隨即就被洶湧翻漲的情感浪潮吞沒了。他們不再滿足於在計程車和汽車後座親吻；他們幹出了件奇事：

有段時間，他們退出了原屬的圈子，在其下另外自成一個世界。在這個世界裡，安森的嗜酒無度和多莉的歸無定時較不受人側目和議論。這圈子由各色人等組成——幾個安森的耶魯友人和其妻子、兩三名年輕的股票掮客和證券銷售員，以及少數幾個剛從大學畢業、有錢又揮霍成性的單身漢。這個圈子在範圍和規模上的短缺，藉由難能可貴的自由而得到了彌補。此外，這圈子以他們為中心，讓多莉得以嚐到一絲紆尊降貴的樂趣——這樂趣安森無法共享，因為他從孩提時代即確認自己這一輩子都在紆尊降貴。

他並不愛她，而在他們打得火熱的漫長冬季中，他也屢次這麼告訴她。到了春天，他已經膩了——想由別處從頭開啟新的生活——再說，他也明白自己不是得立即跟她分手，就是得對明擺著的誘姦承擔起責任。女方家人敲邊鼓的態度促使他下了決定——一天晚上，當卡格爾先生謹慎敲了敲書房的門，告知他已在餐廳留了瓶陳年白蘭地，安森便感覺生活正從四面八方包圍而來。當晚他寫了封短信給她，信中說他要去度假，而且經過通盤考慮後，認為他們還是別再見面的好。

當時是六月。他的家人已大門深鎖下鄉去了，所以他暫住在耶魯俱樂部。我一路聽著他和多莉情事的進展——那敍述中語帶調侃，因為他瞧不起反覆無常的女人，也不願在自己所信仰的社交殿堂中應許她們一席之地——而當他那晚告訴我已毅然決然跟她分手，我感到高興。我見過多莉幾次，每一次都為她無望的掙扎感到惋惜，也為自己明明無權得知，卻仍聽聞了她這麼多事而感到羞愧。她是那種所謂「漂亮的小東西」，但帶有一種奮不顧身的莽撞，這點令我頗為著迷。要是她沒那麼勇往直前，她向糟蹋女神的獻身或許就不會那麼顯而易見——毫無疑問，她終將糟蹋自己，但當我得知這場獻祭不會在我眼前上演，還是感到很欣慰。

隔天早上，安森準備將那封告別信投到她家。那是第五大道一帶碩果僅存的開放式住宅。他知道卡格爾夫婦已依多莉給出的錯誤訊息而早一步出國旅遊，好為女兒製造機會。當他步出耶魯俱樂部的大門，踏上范德比爾特大道，郵差正好從旁經過，於是他又轉身尾隨進屋。映入他眼簾的第一封信便是出自多莉的手跡。

他知道信上會寫些什麼——一篇寂寥、悲慘的獨白，寫滿他熟悉的責難、被點醒的記憶，及諸多「不知是否……」——那些他曾對寶拉・勒讓德款款傾吐，彷彿發生於另一個時代而遙不可憶的親暱言語。翻檢過一些傳單後，他又將這封信放到上面，拆了開來。出乎他所料，那是一封簡短且語氣有點拘謹的便箋，上面提到多莉無法同他到郊區共度週末，因為住在芝加哥的佩里·赫爾不期而至。信裡還不忘補充說明這情況安森也有責任：「……如果我能感覺你就像我愛你那般愛我，我隨時隨地都願意跟你走，但佩里人那麼好，那麼希望我嫁給他……」

安森輕蔑地笑了笑——他見識過這種誘人上鉤的書信，而且很清楚多莉在這計畫上費了多少心機。忠心耿耿的佩里八成還是她派人請來的，就連抵達的時間都計算好了——甚至在短箋的細節上也花了一番心血，好讓他醋勁發作，卻又不至於拂袖而去。這就如同大多數的折衷方案，既無力也無氣，只有一種怯懦的絕望。

突然間，他滿腔怒火。他在門廳坐下，將信重讀了一遍。然後他走向電話、撥給多莉，用他明確、不容置疑的聲音跟她說便箋收到了，並且會一如先前所計劃於五點登門拜訪。不等她假裝猶豫不決地說完那句「或許我可以抽出一個小時見你」，他便掛上聽筒前往辦公室。他在路上將自己寫的信撕個粉碎，扔在大街上。

他沒有吃醋——她對他來說什麼也不是——但她可悲的鬼把戲把他內在所有的冥頑和任性都勾起來了。這是心智上的劣等之徒要無禮犯上，可不能輕易縱容。她若想知道自己屬於誰，就等著瞧。

五點一刻，他人站在門階上。多莉一副上街的打扮，他則沉默地聽著她電話中沒說完的那句「我只有一個小時可見你」。

「戴上帽子，多莉。」他說：「我們去走走。」

他們沿著麥迪遜大道蹓躂，又轉進第五大道，此時安森的襯衫在溽暑中已濕淋淋地貼在他魁梧的身軀上。他幾乎一言不發，以無聲為叱責，對她沒有一點愛的表示。但還沒走過六個街口，她重又是他的人了，一會兒忙著為便箋的內容道歉，一會兒提議完全不理佩里作為贖罪，什麼條件都說盡了。她以為他之所以會來，是因為他真的開始愛她了。

「我好熱。」走到七十一街時他說。「這是冬服。容我回俱樂部換件衣服，你在樓下等我一下好嗎？只要一下子。」

她很開心；知道他熱，知道他任何生理上的狀況，這種親暱感讓她心跳加速。當他們步至鐵柵門前，安森掏出鑰匙，她感到一陣喜悅。

樓下一片黑矇矇；多莉在他搭升降機上樓後掀起一道窗簾，隔著遮光網布望向對街的房子。她聽見升降機停止移動的聲音，然後便萌生戲弄他一下的念頭，於是按鈕降下升降機。接著她更心血來潮地進了電梯，升到她猜想他所住的樓層。

「安森。」她呼喚，略帶著嘻笑。

「等一下。」他從臥室回答……片刻之後，他又說：「你可以進來了。」

他已換好衣服，正扣上背心。「這是我的房間。」他泰然自若地說：「你覺得如何？」

她瞥見牆上寶拉的相片，還看得出神，正如同五年前寶拉盯著安森幼時心上人的照片一般。她知道一些寶拉的事——有時她會用那些事情的片段折磨自己。

她突然走近安森，並抬起雙臂。他們擁抱。小窗外，儘管太陽仍在對街的屋脊後閃耀，一片不自然的柔和暮光已然盤旋天際。再過半小時，屋內就會完全暗下來。不期然的良機使他們不知所措，雙方都透不過氣，同時又將彼此摟得更緊。事態已不言可喻，無可避免。仍擁著彼此的他們昂起頭——目光一同落在寶拉的相片上。她正從牆上俯視著他們。

安森突然放下胳膊，然後坐在書桌前，拿著一串鑰匙試圖打開抽屜。

「想喝一杯嗎？」他用粗啞的聲音問。

「不了，安森。」

他替自己倒了半杯威士忌，一乾而盡，然後打開通往走廊的門。

「走吧。」他說。

多莉一陣遲疑。

「安森——我今晚還是會跟你上郊外的。你知道的，對吧？」

「當然。」他粗暴地回答。

他們乘坐多莉的車前往長島，兩人在情感上比過往任何時候都還要貼近。他們都清楚會發生什麼事——不是因為少了寶拉的面容在旁提醒他們之間缺了些什麼，而是因為當他們獨處於平靜、炎熱的長島，一切都將被拋諸腦後。

供他們共度週末的莊園位在華盛頓港，是安森一個表親所有；該親戚已跟蒙大拿一個銅礦經營商成婚。一條無止境的車道從門房開始，在進口的白楊樹苗下蜿蜒前行，邁往一座碩大的粉紅色西班牙式宅邸。過去安森經常造訪此處。

晚餐後他們到林克斯俱樂部跳舞。接近午夜時，安森確認過那些表親不到兩點不會離開——於是向眾人解釋多莉累了，要先帶她回去，晚點再返回舞會。這兩人興奮得微打著顫，一同鑽進一輛借來的車駛往華盛頓港。抵達門房時，安森停下車跟守夜人說話。

「你什麼時候要巡夜，卡爾？」

「馬上。」

「那你會在這兒待到每個人都回來了為止？」

「是的，先生。」

「好。聽著：如果有任何車輛——不論是誰的車，只要進了這道大門，你就立刻給屋裡打電話。」他將一張五塊錢紙鈔塞進卡爾手中。「明白了嗎？」

「是，安森先生。」身為舊世界的人，他既沒眨一下眼睛，也沒掛上一絲微笑。然而坐在車內的多莉仍稍稍撇開了臉。

安森有鑰匙。他一進屋，就為兩人各倒了杯酒——多莉碰也沒碰——接著搞清楚電話所在位置，也發現從他們的房間就可輕易聽見電話鈴響。兩人的房間都在一樓。

五分鐘後，他敲了多莉的房門。

「安森？」他走進房間，關上身後的門。床上的她雙肘抵著枕頭不安地仰起身；他在她身旁坐下，將她摟進懷中。

「安森，親愛的。」

他沒回應。

「安森……安森！我愛你……說你愛我。快說吧——現在不能說嗎？就算不是認真的？」

他充耳不聞。他的目光越過她的腦袋，瞧見寶拉的相片就掛在牆上。他起身走近相片。相框在幾經折射的月光下微微閃爍，框內則是一張模糊不清的面影，而他並不認識那張臉。他差點哭了出來，然後便轉身厭惡地瞪視床上那小小身影。

「這一切都太傻了。」他沙啞地說：「我不知道自己在想什麼。我並不愛你，你還是等待一個真正愛你的人吧。我一點也不愛你，你難道不明白？」

他語不成聲，急急忙忙走了出去。他回到客廳，張著顫巍巍的手指給自己倒上一杯。此時前門突然敞開，他的表親走了進來。

「唷，安森，聽說多莉身體不舒服。」她熱切地問：「我聽說她人不舒服……」

「沒什麼事。」他插話，還提高音量好讓聲音傳進多莉的房間。「她只是有點累，已經上床睡了。」

之後有好一陣子，安森都相信有守護神會不時插手人間俗事。但清醒地躺在床上，兩眼直盯著天花板的多莉・卡格爾，從此再也不曾相信任何事了。

6.

多莉於隨之而來的秋天結婚時，安森正在倫敦出差。這事兒就跟寶拉的婚姻一樣突如其來，但對他的影響卻截然不同。一開始他覺得好笑，想到就有點忍俊不住，但後來又覺得悶悶不樂——感覺自己老了。

這有種舊事重演的感覺——當然，寶拉和多莉屬於不同的世代。他預先嚐到了那種四十歲男人聽聞舊愛的女兒結婚時的滋味。他發了賀電，而且不像寶拉那次，他這次是真誠的——他從未真正希望寶拉過得幸福。

回到紐約後，他被拔擢為公司合夥人。隨著責任的增加，他能自由運用的時間也減少了。有家人壽保險公司拒絕發給他保單；他深受衝擊，於是戒酒一年，然後宣稱感覺身體好多了，不過我認為他很懷念酒酣耳熱時所吹噓的那些切里尼*式冒險；那是他二十出頭的生活中很重要的一部分。倒是他從未離棄耶魯俱樂部。他在那兒是個有頭有臉的人物；他那班如今已離校七年的同學本打算漸漸疏遠那裡，另覓更清醒的棲所，還是因為他的存在才留了下來。

他的日子總過得從容餘裕，腦袋也一向保有精力，能為任何人的請求提供任何援助。一開始出於自尊和優越感的行為，已變成一種習慣和愛好。他身邊也總有事情等著他伸出援手——哪個弟弟在紐黑文惹了麻煩、哪個朋友和妻子的紛爭有待調解、幫這人謀個職位、幫那人做點投資。不過，他的專長其實是為年輕夫婦解決問題。年輕夫婦令他神往，他們的寓所對他來說幾乎如同聖地——他清楚他們的戀愛故事，建議他們該住哪裡、該怎麼生活，還記得他們孩子的名字。他對少婦們謹言慎行，從不濫用丈夫們始終寄予的信任——鑒於他未加掩飾的不羈生活，這種信任還真叫人匪夷所思。

他人幸福的婚姻開始讓他產生一種感同身受的幸福，誤入歧途的那些也令他興起一種幾乎同樣愉快的憂鬱之情。他沒有一個季節不會目睹一段關係——或許還是他曾親自拉拔呵護的一段關係——在眼前瓦解。當寶拉離婚，並幾乎一轉眼又嫁給另一個波士頓人時，他跟我談了她一整個下午。他再也不會像愛寶拉那樣愛任何人了，但他堅稱自己早已不在乎。

「我永遠不會結婚。」他這樣說：「我見過太多了，很清楚幸福的婚姻太難得。況且，我也太老了。」

但他確實相信婚姻。如同所有在幸福美滿婚姻下成長的人，他全心全意地相信——不論見過什麼都不會動搖這份信仰，他的玩世不恭在其面前也要灰飛煙滅。但他也確實相信自己太老了。二十八歲時，他開始平心靜氣地接受沒有浪漫愛情的婚姻前景；他毅然決然選了一個與自己門當戶對，漂亮、

★ Benvenuto Cellini，義大利文藝復興時期著名金匠、畫家、雕塑家、戰士、作家和音樂家，一生多采多姿。

聰慧、意氣相投、無可挑剔的紐約女孩——開始準備讓自己愛上她。他曾真心誠意向寶拉傾訴的話，曾風采翩翩地對其他女孩說過的話，如今再開口時已無法不帶著笑，也失去了令人信服的力道。

「等到四十歲——」他跟朋友說：「我就成熟了。我會像其他人一樣為某個舞女神魂顛倒。」

儘管如此，他仍堅持不懈。他母親想看到他結婚，以他現在的收入要養家也是綽綽有餘——他在證券交易所有了席位，年收入也攀升到兩萬五千美元。結婚的想法恰如其分：當他的朋友——他大部分時間原本都賴在當初和多莉發展出的小圈子中——到了晚上都將自己關在家庭的大門之後，他也無法再享受自由的樂趣了。他甚至懷疑當初是不是該跟多莉結婚。就連寶拉都沒有多莉這麼愛他，加上他也慢慢瞭解到，人這一輩子，真情難遇。

正當這種感觸悄悄爬上他的心頭，一個擾人的傳聞傳進了他耳裡。他的嬸嬸埃德娜，一個接近四十歲的女人，正跟一個放蕩不羈、酗酒成性，名叫卡里·斯隆的年輕人公開私通。這事兒已是人盡皆知，只有安森的叔叔，那位十五年來盡顧著在俱樂部裡高談闊論，對妻子視而不見的羅伯特還被蒙在鼓裡。

安森一再聽到這傳聞，日益惱火。他對叔叔抱持的某種舊日情感重新甦醒了；那不僅是個人私情，更是重拾對家族團結的認同，而這也是一直以來他驕傲的根源。他依直覺挑出了這樁風流事最重要的一點，就是他的叔叔不應受到傷害。這是他首次嘗試主動去淌渾水，但憑他對埃德娜個性的瞭解，他自信可以把事情處理得比地區法官或他叔叔妥切。

他叔叔人在溫泉城。安森追查出醜聞的來龍去脈，排除掉任何誤會的可能，然後致電給埃德娜，邀她隔天在廣場飯店共進午餐。他的語氣中一定有些東西嚇到她了，讓她有點不情不願，但他不肯罷休，將見面日期一直延宕到她沒有藉口可推辭為止。

她按約定時間和他在廣場飯店的大廳碰面。這位年華已逝但風韻猶存的金髮灰眼女性身穿一件俄羅斯貂皮大衣，五只大戒指在她纖細的手指上閃動著鑽石和綠寶石的寒光。安森閃過一絲念頭：這些皮草和寶石，這些撐起她一時美貌的富麗光輝，都是他父親而非他叔叔的聰明才智所掙來的。

埃德娜雖已嗅出他的敵意，他一開口就單刀直入卻讓她猝不及防。

「埃德娜，我對你近來的所作所為感到很驚訝。」他以有力而坦率的聲音說：「起先我還不敢相信。」

「相信什麼？」她尖銳地質問。

「你不用跟我裝糊塗，埃德娜。我說的是卡里・斯隆。其他考量暫且不論，我認為你也不該這樣對待羅伯特叔叔……」

「聽好了，安森……」她憤怒地開口，但他咄咄逼人的聲音壓過了她：

「……還有你的孩子。你都結婚十八年，也老大不小了，總該懂這些吧。」

「你不能這樣對我說話！你——」

「我可以。羅伯特叔叔一直是我最好的朋友。」他大動情感，真真切切為自己的叔叔及三個堂弟堂妹感到痛心。

埃德娜起身，點的蟹柳冷盤碰也沒碰。

「無聊至極……」

「很好，如果你不聽我說，我就去找羅伯特叔叔將整件事都抖出來——反正他遲早會聽說的。接下來，我會去找老摩西・斯隆。」

埃德娜一個踉蹌，跌回椅中。

「別那麼大聲。」她求他，也開始淚眼模糊。「說不準聲音會傳到哪去。你既然要做這些瘋狂的指控，也該挑一個隱密點的地方。」

他沒回應。

「唉，你向來不喜歡我，我知道。」她繼續說：「你只是想利用一些愚蠢的流言，去破壞我這輩子唯一存有樂趣的友誼。我到底是做了什麼讓你這麼恨我？」

安森仍按兵不動。她會訴諸他的騎士精神，然後是他的同情心，最後是他高人一等的教養——等他捱過了這些，她就會招供，他也就可以好好對付她了。他的沉默不語、無動於衷，他那持續搬出的殺手鐧，也就是他自身的真情，將她逼入絕望到幾乎要發狂的境地，午餐時間也就這麼不知不覺地過去。到了兩點，她取出鏡子和手帕擦去淚跡，再為淚水淌出的細溝補上粉。她已答應五點在自家跟他會面。

他抵達時，她正癱在一張鋪著夏用花布的躺椅上，午餐席間被逼出的淚水似乎仍在眼眶裡打轉。接著他注意到冰冷的壁爐邊，卡里．斯隆那陰鬱不安的身影。

「你什麼意思啊？」斯隆立即發難。「我知道你邀請埃德娜吃午飯，然後又根據一些低級的謠言威脅她。」

安森坐下。

「我不認為那只是謠言。」

「聽說你要去找羅伯特·杭特打小報告，還有我父親。」

安森點頭。

「要嘛你們分手——要嘛我去說破。」他說。

「這他媽關你什麼事啊，杭特？」

「別發脾氣，卡里。」埃德娜緊張地說：「只要讓他明白這事有多荒謬……」

「首先，落人口實的可是我家族之名。」安森插話。「你只要知道這點就夠了，卡里。」

「埃德娜不是你家族的人。」

「她當然是！」他的怒火上衝。「哼——她住的這房子、手指戴的戒指全賴我父親花腦袋拚來的。羅伯特叔叔娶她的時候，她可是一文不名。」

他們全都望向戒指，彷彿那些飾品與眼前這局面有莫大的關聯。埃德娜作勢要將戒指從手上取下。

「世上的戒指又不只這幾個。」斯隆說。

「啊，真是荒唐。」埃德娜嚷道：「安森，你願意聽我說嗎？我已經找出這樁無聊傳聞究竟是怎麼起頭的了。有個女僕被我解僱後隨即跑去契里切夫家工作——這些俄國人就愛從傭人身上挖消息，自己再加油添醋一番。」她怒氣沖沖地朝桌面捶了一拳。「我們去年冬天下南方時，湯姆還把轎車借給他們整整一個月，結果卻……」

「這下你明白了吧？」斯隆急著追問。「這女僕完全誤會了。她知道我和埃德娜是朋友，然後把這件事拿到契里切夫家搬弄。在俄國，他們會認定要是一男一女……」

他把話題擴大成高加索地區社會關係的專題演講。

「如果是這樣，最好跟羅伯特叔叔解釋解釋。」安森冷冷地說：「如此一來，謠言真傳到他耳裡時，他就知道那只是空穴來風。」

他沿用午餐時對付埃德娜的方法，讓他們不斷解釋下去。他知道他們不清白，不久後就會跨出解釋的界線開始自我辯護，還會比他更確鑿地定下他們自己的罪。到了七點鐘，他們終於走到實話實說的窮途末路了——羅伯特．杭特的視而不見、埃德娜的空虛生活、不經心的調情擦槍走火成一段熱戀——但這就如同許許多多的真實故事一般，很不幸了無新意，薄弱的內容只是無力而徒勞地敲擊安森意志的盔甲。那道去找斯隆父親的威脅注定讓他們一籌莫展，因為這位父親，一位退休的阿拉巴馬州棉花中盤商，是個遠近皆知的基本教義派，藉由嚴格限制零用錢來掌控自己的兒子，並言明再有不軌，零用錢將會永久終止。

他們在一間法式小餐館吃晚飯，討論也持續進行——斯隆一度訴諸肢體威脅，稍後他們又同聲哀求他施捨一點時間。但安森不為所動。他看出埃德娜正在崩潰，也曉得絕不能再讓他們有重燃熱情，繼而讓她重振精神的機會。

兩點鐘，他們三人在五十三街的一間小俱樂部裡，而埃德娜突然垮了，嚷著要回家。斯隆整晚猛灌酒，顯得有點脆弱傷感；他伏在桌上，臉埋在手中微微啜泣。安森迅速開出他的條件。斯隆要離城六個月，而且要在四十八小時內離開，回來以後也不得再續舊情。不過一年後，如果埃德娜願意，不妨向羅伯特·杭特提出離婚，並按正常手續辦理。

他停了一下，從他們臉上獲取作出結論的信心。

「不然你們還有一個辦法。」他緩緩地說：「如果埃德娜決定拋下孩子，我也無法阻止你們倆私奔。」

「我要回家！」埃德娜再次嚷道：「哎，你折騰了我們一整天還不夠嗎？」

外頭一片漆黑，只有街尾閃著一點第六大道的朦朧幽光。在那光線下，這對曾為戀人的男女最後一次凝視彼此哀戚的臉龐，心知他們之間沒有足夠的青春與氣力可消弭這次永久的分離。斯隆陡然沿街而去，安森則在一位正打盹的計程車司機臂膀上拍了拍。

就快四點了。一股清潔流水緩緩淌過第五大道幽幽的行道，兩位夜行女子的陰影掠過聖托馬斯大教堂漆黑的門面。隨後是安森幼時常到此嬉遊，此時則杳無人煙的中央公園灌木區，以及隨著車的行進，街道上不斷遞增、如姓氏一般別具意義的門牌號碼。這是他的城市——他心想——他的姓氏已在此光耀了五代。沒有任何變化可以動搖其在此永恆的地位，因為變化本身就是他和他的族人所奉行的紐約精神中最牢不可撼的根基。足智多謀和強大意志——畢竟他的威脅若出自較為軟弱之徒，肯定一無效用——已經一舉擇去他叔叔之名上、家族之名上，甚至與他同車而坐，就在一旁顫抖不已的身影上所蒙之塵。

隔天早上，有人在皇后區大橋一支橋墩的下層岩板上發現了卡里·斯隆的屍體。在黑暗與激動中，他以為是河水在下方黑乎乎地流動，然而不到一秒之後，那是不是水都沒有分別了——除非他原本打算在水中無力掙扎時，還能最後一次思及埃德娜，並叫喚她的名。

7.

安森從未因自己在這件事中扮演的角色而自咎——後來的局面並不是他造成的。但正義卻總受到不公的對待。他發現自己最長久，從某方面而言也是最珍貴的一段友誼告終了。他從不知道埃德娜說了什麼歪曲事實的話，但他叔叔已不再歡迎他踏進家門。

就在聖誕節前，杭特夫人與世長辭到上等的聖公會天國去了，於是安森扛起責任，成了家族之長。一位跟他們同住多年的未婚阿姨管理家務，還白費心力地試圖監護家族中較年輕的女孩。家族中所有的孩子都不如安森自立，不管長處還是短處都更為尋常無奇。杭特夫人的死推遲了家族中一位女兒初登社交圈的時機，又延宕了另一個女兒的婚期，更同時帶走了他們所有人身上某些深具實質的東西。由於她的辭世，杭特家那沉著從容、高貴奢侈的優越感也劃下了句點。

首先，家產因兩筆遺產稅而削減了不少，並且很快就會被六個孩子均分，再也不是筆可觀的財富了。安森從他最年幼的幾位妹妹身上看出一種傾向：她們會帶著崇高的敬意談論一些二十年前根本尚不「存在」的家族。他自身的優越在她們身上得不到共鳴——她們只是有時會帶點俗套的勢利眼，如此而已。再者，這是他們家最後一次在康乃狄克州的莊園度過夏天了。反對的呼聲太高：「誰要把一年裡最棒的幾個月浪費在那個死氣沉沉的老鎮上啊？」他心不甘情不願地讓步——房子秋天就會標售；到了明年夏天，他們會在威切斯特郡租個小一點的地方。這就退離了他父親心目中的簡單奢華。他能理解這些反對聲浪，但也感到氣惱。母親在世時，他至少每隔一週就去那裡度週末——就是在最快樂的夏日也一樣如此。

然而他自身亦是改變的一部分，對生活的強烈本能讓他不過二十郎當，就對畸形的有閒階級那種空洞葬禮避而遠之。他並沒有看清這一點——他依然覺得該有種規範，有種社會標準存在。但規範並不存在；連紐約是否存在過真正的規範都值得懷疑。少數仍在花錢，努力想躋身某個特定階層的人，只會發現這些圈子幾乎起不了作用——或者說，更令人憂慮的是，那些他們避之唯恐不及的波希米亞浪子，上了桌還坐在他們上位。

到了二十九歲，安森主要關切的是自己日益增加的孤獨。他現在認定自己一輩子都要單身了。他以男儐相或招待身分所參加過的婚禮也難以盡數——家裡有一整個抽屜塞滿了各個婚禮留下的紀念領帶，代表著歷時未及一年的浪漫愛情，代表著一對對已經完全遠離他生活的夫妻。這些圍巾別針、金色鉛筆、袖釦，這些一整個世代的新郎官所贈予的各式禮品進了他的首飾盒，然後遺失。每參加一次婚禮，他就越來越無法想像自己站在新郎的位置上。在他對那些婚姻由衷的祝福之下，藏著對自己婚姻的絕望。

隨著三十歲的關卡逼近，眼見婚姻對友情的危害——尤其是最近——他變得鬱悶不已。一群群的人都似乎都有一種令人擔憂的可能，彷彿隨時會消失得無影無蹤。他那批大學校友——他在他們身上投注了最多的時間和情感——是所有人中躲得最徹底的。他們大多都深陷家庭生活，另外有兩個去世，一個僑居海外，一個在好萊塢撰寫電影分鏡腳本，那些電影安森每一部都忠實地看過了。

然而，他們大多都是固定的通勤族，以郊區鄉村俱樂部為中心，過著複雜難解的家庭生活。也正是這些生活特質讓他感到無比的疏遠。

他們在婚姻生活的早期都曾需要過他。他為他們微薄的收入提供建言，為他們驅逐心中的疑慮，讓他們能安心在兩房一衛的屋中生養孩子；尤有甚者，他還代表了美好的外在世界。但如今他們的財務問題已成過往，曾令人恐懼又期盼的幼子也長成讓人著迷不已的家庭成員。他們總是很高興見到老安森，但他們會為了他盛裝打扮，企圖讓他感佩於他們當前的重要性，同時也把煩惱留給自己。他們不再需要他了。

在他三十歲生日的前幾個禮拜，早年那些親朋密友中的最後一位單身漢也結婚了。安森照例當上了男儐相，照例送出了銀製茶具，也照例登上了

「荷馬號」道別。那是五月一個炎熱的週五下午，而當他舉步離開碼頭，便意識到無事一身輕的週末已然展開，他到週一早晨前都是空檔。

「去哪兒呢？」他自問。

還用問嗎？耶魯俱樂部啊。打橋牌打到晚餐時間，然後到誰的房裡喝上四、五杯不摻水的雞尾酒，渾渾噩噩地度過一個愜意的夜晚。他為今天下午的新郎無法加入感到遺憾——他們向來能把這樣的夜晚過得豐富多姿：他們自有一套聰明的享樂主義，曉得該如何吸引女人，如何擺脫她們，每個女孩又各需要多少關懷體貼。派對是種因時因地制宜的東西——你帶某些女孩進入某些場所，然後撒下不多不少的錢讓她們開心；你喝一點酒，不多，就只比該喝的多一點，然後在清晨的某個時分你起身，說要回家去了。你避開所有大學男孩、白吃白喝之人、未來的約定、鬥毆鬧事、多愁善感和失檢的言行。派對就是這麼一回事。其餘的一切都是虛擲浪費。

早上時，你也從不會萬分懊悔——你沒有下任何決定。但如果你玩過頭，心裡不太踏實，就什麼也別說，只消開台旅行車出去晃個幾天，靜待令人不安的無聊日積月累，直至投身另一場派對為止。

耶魯俱樂部的大廳不見人影。酒吧區裡，三個非常年輕的校友抬頭看了看他——就那麼一下子，並且不帶任何好奇。

「哈囉，奧斯卡。」他對酒保說：「卡希爾先生下午有來嗎？」

「卡希爾先生去紐黑文了。」

「喔……這樣啊？」

「去看球賽。很多人都去了。」

安森又朝大廳望了望，考慮了一會兒後便走出俱樂部，踏上第五大道。有個頭髮灰白、淚眼矇矓的男子正透過一間他所隸屬的俱樂部——一間他五年來幾乎不曾涉足的俱樂部——那面寬大窗戶俯視著他。安森旋即撇開目光——那個坐在空虛而無奈、高傲而孤寂之中的身影令他沮喪。他停下腳步，接著折返原路，轉進四十七街朝提克・華登家的寓所走去。提克和其妻子曾經是他最熟絡的朋友——他和多莉・卡格爾還在一起時經常上門拜訪。但後來提克染上了酒癮，他的妻子則公開譴責安森帶壞了他。這番言論幾經誇大後傳到了安森耳裡——等事情終於澄清，那易碎的親密之情也已瓦解，再也無法回復。

「華登先生在家嗎？」他詢問。

「他們去鄉下了。」

這件事出乎意料地刺痛了他。他們去了鄉下，而他竟一無所知。若是在兩年前，他會知道確切日期跟時間，還能趕在最後一刻與他們喝杯送別酒，並共同計畫第一次去拜訪他們的行程。而現在他們一聲不吭就走了。

安森看著手錶，盤算起跟家人共度週末的可行性，但現有的唯一一班火車是區間慢車，而這就意味著他得在襲人的熱浪中連續顛簸三個小時。而且明天、週日都得待在鄉下——他可沒那個心情跟彬彬有禮的大學生在門廊打橋牌，或晚飯後在鄉下的某間小客棧裡跳舞；那是他父親太過高估的一種小小樂事。

「喔，不……」他對自己說。「不行。」

他是個高貴、令人起敬的年輕人，如今確實有幾分發福，但除此之外不帶任何放蕩的氣息。他本可以成為某方面的棟梁——有時你敢肯定絕不是社會方面的，有時卻又不作他想——或是在法律方面，或是在教會組織方面。他在四十七街一棟公寓前的人行道上動也不動地杵了好幾分鐘，因為這幾乎是他生平頭一遭無事可做。

接著，他快步走向第五大道，好似剛才想起那兒有一場重要的約會。非要強作掩飾是我們人類與狗少數共通的特性之一，而在我看來，那天的安森就是某種血統優良的典型，找不到那熟悉的後門。他要去見尼克，一位曾是所有私人舞會上不可或缺的紅牌酒保，現在則進了廣場飯店那恍如迷宮的酒窖，負責冰鎮不含酒精的香檳。

「尼克——」他說：「一切可好？」

「要死不活。」尼克說。

「幫我弄點威士忌酸酒。」安森將只一品脫的酒瓶從櫃台上遞過去。「尼克，女孩們都變了。我認識一個布魯克林的小女孩。她上禮拜結婚，卻沒讓我知道。」

「真的嗎？哈哈哈。」尼克圓滑地回應。「你被人家擺了一道哩。」

「沒錯。」安森說：「我明明前一晚還跟她出去呢。」

「哈哈哈——」尼克說。「哈哈哈！」

「你還記得那場婚宴嗎，尼克？就在溫泉城，我當時還讓那些侍者和樂師唱〈天佑吾王〉。」

「那場在哪兒辦的，杭特先生？」尼克不太確定，於是聚精會神地想著。「我記得好像是……」

「接著他們又回來要更多的錢，害我開始搞不清自己先前到底給過多少。」安森繼續說。

「……好像是川宏先生的婚禮吧。」

「我不認識他。」安森斷然地說。一個陌生的名字闖進他的回憶令他感到不悅。尼克察覺到了。

「哎，不……不對……」他承認道：「我真糊塗，是你那幫哥兒們裡面的——布瑞金斯……貝克……」

「是比可．貝克。」安森應和。「婚禮後他們把我塞進一輛靈車，還給我蓋上鮮花讓車送走。」

「哈哈哈——」尼克說。「哈哈哈。」

尼克佯裝的老家僕一角不久就顯得失色，於是安森上樓步至大廳。他環顧四周——目光先對上櫃台一個陌生職員的視線，接著落到一朵懸垂在銅痰盂口，上午婚禮所留下來的花。他走出飯店，慢慢朝哥倫布圓環那頭一輪血紅色殘陽而去。突然間他轉過身，再按原路折回廣場飯店，把自己關進一座電話亭裡。

後來他說那天下午撥了三次電話找我，還嘗試撥給每個可能還待在紐約的人——包括多年沒見過面的男男女女，甚至一個在大學時代認識的藝術模特兒。對方褪了色的電話號碼還留在他的通訊簿裡，總機接線生卻告訴他該號碼連交換機都不存在了。最後他探索的觸角徘徊到了鄉間，跟幾位語氣堅定的管家與女僕簡短而失望地交談了幾句。誰誰誰出去了，去騎馬、去游泳、去打高爾夫，誰誰誰又在上週搭船去了歐洲。請問哪裡找？

想到得獨自一人度過漫漫長夜他就受不了——當孤獨成為唯一選項，那種私下盤算偷得浮生半日閒的樂趣頓時一掃而空。總是有女人可找的，但他認識的那些都暫時消失無蹤，而他之前從未想過要僱一個陌生人作陪，來打發紐約的夜晚——他本以為那是有失顏面、見不得人的事，是巡迴推銷員在陌生城市的消遣。

安森付了電話費——那女孩想拿電話費金額之大來開玩笑，結果並不成功——然後在當天下午第二次動身離開廣場飯店，不知能往何處去。靠近旋轉門的地方有個側對燈光站著的女性身影，顯然還懷有身孕——門轉動的時候，一條米色薄紗披肩就在她肩上飄揚，而她每一次都焦躁地往門裡望去，一副等得好不耐煩的樣子。他一瞧見她，一股似曾相識的強烈神經震顫便竄遍他全身，但直到離她不過五呎，他才發覺那就是寶拉。

「哎，安森．杭特！」

他的心為之翻騰。

「啊，是寶拉啊……」

「哎呀，這真是太巧了，真不敢相信，**安森**！」

她握起他的雙手，而他從這自在的姿態看得出，對他的記憶已不再令她傷痛。但他不然——他感覺由她喚起的舊日情結悄悄襲上自己的腦海，就是過去總和她的樂觀相應，彷彿深怕會戳破那表象的溫文爾雅。

「我們在黑麥鎮度暑。皮特得來東岸出差——你肯定知道，我現在是皮特．海格蒂太太吧——所以我們帶著孩子一道兒來，在這邊租了間屋子。你一定要來看看我們。」

「可以嗎？」他直截了當地問：「什麼時候？」

「你想什麼時候都行。這是皮特。」旋轉門動了起來，接著轉出一位三十來歲的高䠷俊男。他有張曬成棕褐色的臉龐和修剪齊整的鬍髭，毫無瑕疵的體魄跟安森日漸腫脹的身軀形成鮮明的對比，後者在稍嫌緊身的外套下更是無所遁形。

「你不該站著。」海格蒂對妻子說：「來這裡坐。」他指著大廳的椅子，但寶拉遲疑著。

「我得馬上回家。」她說：「安森，你何不……何不今晚就過來跟我們一起吃個晚飯？我們才剛安頓好，但若你不介意……」

海格蒂誠摯地同聲邀約。

「晚上來坐坐吧。」

他們的車在飯店前等著。寶拉神情疲憊地陷進角落的絲綢椅墊。

「我有好多事想跟你聊聊。」她說：「看來是沒辦法了。」

「我想聽聽你的事。」

「嗯——」她朝海格蒂笑了笑。「這也是說來話長。我有三個孩子——都是跟前夫生的。最大的五歲，然後是四歲，然後是三歲。」她又笑了笑。

「我生起孩子可不浪費時間，對吧？」

「男孩？」

「一個男孩、兩個女孩。然後……唉，發生了很多事。我一年前在巴黎離婚，然後嫁給了皮特。就這樣……只是我現在非常幸福。」

到了黑麥鎮，他們在靠近濱海俱樂部的一棟大屋前停車，不一會兒就有三個又黑又瘦的孩子掙脫了英國女家教的管束，發著難解的喊叫聲從屋裡向他們走來。寶拉心不在焉且好不容易才一一將他們擁入懷中，孩子們則僵硬地接受這份親暱，顯然曾被提醒別撞著媽咪。即使寶拉貼著他們鮮嫩的臉蛋，她的皮膚也幾乎未顯老態——儘管有氣無力，她看起來還是比上回，即是他七年前在棕櫚灘與她相會時年輕。

晚餐時她心事重重，而餐後聆聽收音機時，她閉著眼睛躺在沙發上，直至安森懷疑自己此時在場是不是一種打擾。但到了九點，海格蒂起身，親切地說要讓他們倆獨處一會兒後，她才開始緩緩道起自己和過往的事。

「我頭一個孩子——」她說：「就我們叫她寶寶的那個，是最年長的小女生——我知道自己懷上她時，我真想死，因為洛厄爾對我來說就跟個陌生人一樣。孩子又不太可能只是我一個人的。我給你寫了封信，卻又撕了。唉，你對我太壞了，安森。」

又是那種對談，時起時落。安森感覺記憶一下子就重新復甦。

「你不是訂過婚了？」她問：「跟一個叫多莉什麼的女孩？」

「我從沒訂過婚。我有想過訂婚，但除了你，我沒有愛過任何人，寶拉。」

「哦。」她說。過了片刻，她再開口：「這孩子才是我第一次真正想生的。你明白吧，我現在有了真愛——終於。」

他沒回應，只是忙著震驚於她對往事的背棄。她一定發現自己的「終於」兩字傷到了他，因為她接著說：

「我曾經對你如癡如狂，安森——我心甘情願任憑你擺布。但我們是不會幸福的。我對你來說還不夠機伶。我不像你喜歡把事情搞得那麼複雜。」她停了一下。「你這樣是永遠不會安頓下來的。」她說。

這話有如從背後捅來的一刀——他縱有千錯萬錯，也不該受到這種譴責。

「我可以安頓下來，只要女人變個樣。」他說：「只要我對她們沒那麼瞭解，只要女人不為了別的女人而寵壞你，只要她們還有一點點自尊。但願我一覺醒來時，就能身在一個真正屬於我自己的家裡頭——哎，我就是為此而生的呀，寶拉，女人就是看上我這一點並喜歡上我的。只是我已經沒辦法再一步步從頭來過了。」

海格蒂在快十一點時進來；喝乾一杯威士忌後，寶拉站起身說要上床睡覺了。她走過去站在丈夫身邊。

「你去哪兒了，我的最愛？」她問道。

「我去和艾德．山德斯喝了一杯。」

「我很擔心，還以為你說不定跑掉了。」

她將頭倚在他的外衣上。

「他真可愛，是不是，安森？」她問。

「的確是。」安森笑著說。

她仰起臉看著丈夫。

「嗯，我準備好了。」她說，再轉過頭望著安森：「你想瞧瞧我們家的體操絕活嗎？」

「好呀。」他以感興趣的口吻說。

「好，來吧！」

海格蒂輕而易舉用胳臂將她扛了起來。

「這叫做家庭特技表演。」寶拉說：「他會扛我上樓。是不是很可愛？」

「是。」安森說。

海格蒂稍稍彎頭，直到自己的臉碰上了她的臉。

「而且我愛他。」她說：「我剛剛告訴過你，是不是，安森？」

「是。」他說。

「他是這世上古往今來所有人之中，最討人喜愛的傢伙。是吧，親愛的？……好了，晚安。我們走吧。他是不是很強壯？」

「是。」安森說。

「給你擺了一套皮特的睡衣。祝你好夢——早餐見啦。」

「好。」安森說。

8.

公司老一輩的同事都堅持安森應該出國度暑。他們說他這七年來幾乎沒有休過假。他無精打采，需要一些改變。但安森反對。

「我走了——」他宣稱：「就不會再回來了。」

「別胡說了，老兄。你三個月後就會回來，而且鬱悶一掃而空。就跟從前一樣健康。」

「不。」他固執地搖著頭。「一旦停下來，我就不會再重返職場。一旦停下來，就表示我放棄了——我完了。」

「我們願意冒這個險。只要你高興，待上六個月也無妨——我們不怕你會拋下我們。哎，你這人不工作會很難受的。」

他們幫他安排好了行程。他們喜歡安森——每個人都喜歡安森——而他身上發生的變化為辦公室罩下了一層陰翳。他那份推動生意的一貫熱忱、對同儕和下屬的關照、他的渾身是勁所營造出的鼓舞氛圍——在過去四個月裡，極度的神經質已將他這些特質消磨為一個四十歲男子那種無事自擾的悲觀情緒。在他參與的每筆交易中，他都扮演著扯後腿和增添負擔的角色。

「我走了，就不會再回來了。」他說。

他啟航前三天，寶拉・勒讓德・海格蒂死於難產。我那時經常與他來往，因為我們要一同漂洋過海。而在我們的交往過程中，這卻是他頭一次對自己的感受隻字不提，而我也看不出他有任何一點情緒的波動。他主要的心思還是放在自己已屆而立之年這件事情上——他不時會轉移話題，然後提醒你這件事，接著便陷入沉默，彷彿認為這事本身就足以勾起一連串的想法。我就跟他的工作夥伴一樣訝異於他的改變，因此當「巴黎號」終於離岸駛進橫在兩個世界之間的水域，將他的城邑拋在後方時，我感到高興。

「喝一杯怎麼樣？」他提議。

我們帶著啟程當天所特有，那種目空一切的感覺走進酒吧，點了四杯馬丁尼。一杯雞尾酒下肚後，他起了變化——他手突然伸過來拍了拍我的膝頭，並展現出數月不見的快活神情。

「你看見那個戴紅色蘇格蘭軟帽的女孩嗎？」他詢問：「臉紅撲撲的，身邊還來了兩條警犬和她道別的那個。」

「她很漂亮。」我附和。

「我去乘務長的辦公室查過了，她是單獨一個人。我過幾分鐘就下去找服務員。今晚我們跟她共進晚餐。」

一會兒之後他離開，且不到一小時就跟她在甲板上來回散步，用他清晰而有力的聲音與她交談。她的紅色蘇格蘭軟帽襯著鋼綠色的大海，成了鮮豔的一點紅。她不時甩動一頭亮麗短髮抬臉仰望，還露出興味盎然、殷殷期待的微笑。晚餐時我們喝了香檳，相當盡興——後來安森生氣勃勃地打著撞球，幾個見過我跟他在一起的人還跑來打聽他的大名。我準備上床睡覺時，他和那女孩還在酒吧的雅座上有說有笑。

我在這段旅途中見到他的機會比預期的少。他想安排四人同遊，但湊不到人，因此我只有用餐時才見得到他。不過他有時會進酒吧喝杯雞尾酒，也會對我講述戴紅色蘇格蘭軟帽女孩的事、他又和她經歷了怎樣大膽的活動，把一切說得離奇又有趣，一如他的作風。我很高興他恢復原樣，或至少是我所認識的原樣，我也因此感到自在。我想，除非有人愛著他、像鐵屑受磁石吸引般回應他，還能成全他那套自圓其說的解釋、給予他承諾，他才會快樂。至於那是何種承諾，我並不清楚。或許是承諾世上永遠不乏女人願意投注她們最燦爛、最鮮活、最珍貴的時光，來眷顧呵護他懷抱於心底的那份優越感吧。

酗酒案例

An Alcoholic Case

⊠

1.

「放——下——那個——喂喂喂！拜託，馬上放下，行嗎？**別**再喝了！快點……酒瓶給我。我說過會保持清醒盯著你的。快啦。你再這樣下去……回家時會是什麼樣子啊。快點——交給我——我會幫你留個半瓶。**拜**——託啦。你知道卡特醫生是怎麼交代的……我要保持清醒看好你，再不然就把瓶中的酒倒了……快點……我跟你說過，我很累，沒力氣跟你鬥一整晚……好吧，你這傻瓜喝死算了。」

「你要來點啤酒嗎？」他問。

「不要，我才不想喝什麼啤酒。想到得再看著你爛醉我就——噢。我的老天！」

「那我喝可口可樂好了。」

女孩在床上坐下，喘著氣。

「你毫無信仰嗎？」她詰問。

「你信的我都不信……拜託……會灑出來的。」

無能為力——她心想——想幫他也是白費力氣。他們又爭奪了一次，但結束時他雙手抱頭坐了片刻，接著再度轉過身來。

「你再想搶，我就砸了它。」她立刻說：「我就……把它砸向浴室的磁磚。」

「那我會踩到碎玻璃的……不然就是你踩到。」

「那就放手……喂你答應過的……」

轉眼間，瓶子從她手下如水雷般落地，邊滾還邊閃現著紅色、黑色，以及「加拉海德爵士，路易維爾蒸餾琴酒」的字樣。他抓起瓶頸，將瓶子扔進敞著門的浴室。

酒瓶碎片四散於地，接著周圍暫時一片沉寂。她讀起《飄》，讀著那些許久以前發生的美好事物。她開始擔心他會有需要進入浴室，並可能會割傷腳，於是不時抬頭確認他是否有此打算。她非常睏——前一回抬頭看時，他在哭，那模樣就像她曾在加州看護過的一個猶太老頭；那老頭常得跑廁所。這次的照護工作一直讓她很不開心，但她心想：

「要是不喜歡他，我就不會待在這裡了吧。」

她突然清醒過來，遂起身拿了張椅子擋在浴室門前。她昏昏欲睡，因為他這天一早就把她喚醒，要她弄來一份刊了耶魯對達特茅斯賽事的報紙，而她接下來一整天都還沒踏進過家門。他一個親戚於下午前來探望，她就得在外頭的大廳等候。那兒風不小，她卻沒有毛衣可加套在制服外。

她想盡辦法讓他入睡。他垂首坐在書桌前時，她拿了件袍子披在他肩上，再拿一件蓋在他膝上。她坐進搖椅，但不再感到睏倦；許多事都得記錄下來。她在房內輕手輕腳找了枝鉛筆，然後寫下：

脈搏：一百二
呼吸：二十五
體溫：華氏九十八——九十八點四——九十八點二
備註——

——原本她大可寫：

試圖搶奪一瓶琴酒。後來扔掉並摔破酒瓶。

但她修正為：

酒瓶在雙方爭奪中掉落破碎。患者大致上不甚合作。

她開始在報告裡加上一句：「我再也不想接酗酒的病人了。」但實情並非如此。她知道自己可以在七點鐘醒來，趁他姪女起床前將一切清理乾淨。這全都是遊戲的一部分。但當她坐在椅子上，邊凝望他那白皙而力盡的臉，邊重新計數他呼吸的頻率，也邊納悶著這一切究竟為何會發生。他今天一直很親切，甚至一時興起而給她畫了一連串漫畫，並將漫畫送給了她。她本打算拿去裱框，然後掛在自己的房間裡。她再度感覺到他細瘦的手腕在跟她的手腕角力，憶起他口中那些不堪的話，也想起昨天醫生對他說的那句話：

「你這麼好的人，不該這樣糟蹋自己。」

她很累，也懶得去清理浴室地板上的碎玻璃，畢竟等他呼吸一平順，她還得把他移上床。但她最後還是決定先清掉那些玻璃；她跪在地上搜找最後一塊碎片時，心想：

……這不是我該做的事。這也不是**他**該做的事。

她忽然起身，然後注視著他。他那輪廓瘦削而細緻的鼻子呼出微弱的鼾鳴，那悲嘆似的音息聽來渺遠且無以聊慰。醫生已經藉某種方式搖了頭，她也清楚自己對這次的工作真的無能為力。何況她在仲介機構的資料卡上，早依前輩的建議寫了：「不接酗酒者。」

她已完全盡到了本分，但腦中卻揮不去和他在房內追搶琴酒酒瓶時，曾一度暫停，他問她手肘撞到門有沒有弄傷，而她回答：「你不知道人們是怎麼說你的，不管你如何看待自己……」然而她也很清楚，他早就不在意這些了。

她將玻璃收攏成堆——後來拿出掃帚確認時，她發覺化成碎片的玻璃比他們倆當初曾相隔互望了好一會兒的那片玻璃框還要少。他不知道她妹妹的事，也不知道她差點嫁給比爾．馬可，她則不曉得讓他沉淪至此的原由。那時，他的寫字檯上還放了張他與年輕妻子及兩個兒子的合照，而照片上的他帥氣清爽，正如他五年前該有的樣子。這一切毫無道理——在替撿拾玻璃而割傷的手指紮上繃帶時，她下定決心再也不接酗酒的病人了。

2.

時間是隔天的初晚時分。這台公車的側窗被幾個萬聖節的搗蛋鬼砸裂了，她怕玻璃會剝落，於是移到後排的黑人區坐。她手上有張病患給的支票，但這種時間不可能兌現；她錢包裡各有一枚二十五分及一分錢硬幣。兩位她認識的看護正在希克森夫人仲介所的大廳等候。

「你現在照護的是哪種病人？」

「酗酒。」她說。

「對哦……葛莉塔．霍克斯跟我提過……你在照護那個住在森林公園客棧的漫畫家。」

「沒錯，的確是。」

「聽說他這人挺放肆的。」

「他沒對我做過什麼不規矩的事。」她撒謊。「你不該把他們當成犯人對待……」

「哦，別發脾氣……我只是這麼聽說的嘛……哎，你也知道……他們會要你陪他們胡搞……」

「噢，別說了。」她說，並對自己逐漸高漲的怒火感到詫異。

過了一會兒，希克森夫人出來，請另兩位再等等，示意要她進辦公室。

「我不喜歡讓年輕女孩接這種看護案件。」她開口：「我有接到你從飯店打來的電話。」

「哦，情況其實沒那麼糟，希克森夫人。他不知道自己在做什麼，而且也沒以任何方式傷害我。我倒比較擔心會砸了你的招牌。他昨天一整天真的都很好，還給我畫了……」

「我並不想派你去照護那種病人。」希克森夫人以拇指翻著登記卡。「你接結核病患者，對吧？沒錯，卡上是這麼寫的。現在有個……」

電話持續響個不停。這位看護聽著希克森夫人清晰明確地說道：

「我會盡力而為……那完全得由醫生決定啊……那已超出我的權限……喔，哈囉，海蒂，不，我現在不行。對了，你那兒有擅長應付酒鬼的看護嗎？森林公園客棧那頭有個人需要看護。再回電給我好嗎？」

她放下聽筒。「你先在外面等一下吧。說起來，他到底是個怎樣的男人？他會對你毛手毛腳嗎？」

「他會拉住我的手。」她說：「讓我沒辦法幫他打針。」

「喔，都病成這樣還想逞威風。」希克斯夫人嘀咕著。「他們都該進療養院。再過兩分鐘會有個案子進來，你到時候就可以藉此喘口氣。是一位老太太……」

電話再度響起。「喂，哈囉，海蒂……唔，史文森家那個人高馬大的女孩怎麼樣？她應該可以搞定任何酒鬼……那喬瑟芬・馬克罕呢？她不是住在你的公寓裡嗎？……請她來聽電話。」一會兒後，她接著說：「喬喬，你願意接手一個知名的漫畫家——還是藝術家——管他們自稱什麼，反正住在森林公園客棧的病患嗎？……不，我不清楚，不過他是卡特醫生的病人。卡特醫生大約十點會到。」

希克森夫人沉默了好長一段時間，然後不時開口說：

「我懂……當然，我明白你的立場。對，但應該不危險啦……只是有點難相處。我向來不喜歡把女孩子送到旅館去，因為很可能會讓你們碰上什麼不三不四的人……不，我會找到人的，就算在這種時間也不成問題。別放在心上，謝了。幫我跟海蒂說，希望那頂帽子搭得上那件晨袍……」

希克森夫人掛上話筒，並在面前的便條紙上做了註記。她是個很幹練的女人，做過護士，也見識過業界最不堪的一面，還是個自豪、充滿理想、工作過度的實習生時便已受過狡猾的戰時拘留犯欺凌、頭一批病患的侮辱——這群人認為她過早投身服侍老年人的事業，應該即刻被關進大牢。她突然從桌前轉過身。

「你想接哪種案子？我跟你說過這裡有位友善的老太太……」

看護的棕色眼睛因內心的千思百緒而發亮——那部她才剛看過講述巴斯德★生平的電影、那篇她們還是護校學生時都讀過的南丁格爾故事。還有她們那時的意氣風發：在寒天之中翩翩穿過費城綜合醫院外的街道，對身上的新披肩感到無比自豪，一如那些正步入酒店舞會，身披皮草的社交新媛。

「我……我想再努力一段時間看看。」她的聲音與刺耳的電話鈴聲紛雜成一片。「如果你找不到別人頂替，我可以馬上回去。」

「你前一分鐘才說再也不接酗酒的病人，現在又說你要回去？」

「可能是我先前把整件事想得太複雜了。說真的，我應該能夠幫助他。」

「你自己想清楚了就好。但他若是想抓住你的手腕……」

「他抓不住的。」看護說：「瞧瞧這雙手腕。我在韋恩斯伯勒高中打過兩年籃球。應付他綽綽有餘。」

希克森夫人望著她好一會兒。「唔，好吧。」她說：「但要記住，無論他們喝醉時說了什麼話，清醒之後是絕不會當真的——這些我見多了。找個必要時可以求助的旅館侍應生，因為會發生什麼事誰也說不準——有些酒鬼討人喜歡，有些則不然，但他們全都可能變得齷齪不堪。」

★ Louis Pasteur，法國化學家、微生物學家、細菌研究始祖。

「我會記住的。」看護說。

她走出仲介所時夜色異常明晰，稀疏凍雨的微粒斜落，為藍黑色的夜空添上一點白。她搭上載她進城的那一輛巴士，但現在破裂的車窗似乎增多了；巴士司機氣憤難平，直嚷著要是逮到那些小鬼會如何給他們好看。她知道他只是在表達一種籠統的厭惡，正如她之前一直對酒鬼抱持的厭惡。等她上樓進入套房，發現他無依無助又心神錯亂時，她會唾棄他，並且可憐他。

她下了公車，再走下通往旅館的長階梯，因空氣中的寒意而感到一絲振奮。她會好好照顧他，因為沒人願意這麼做，也因為這行的佼佼者向來都對沒人想接的案子感興趣。

她敲了敲他的書房門，很清楚自己接下來要說什麼。

他親自前來應門。他身著晚宴服，甚至戴著圓頂禮帽——只是少了飾鈕和領帶。

「噢，哈囉。」他漫不經心地說：「很高興你回來了。我不久前醒來，決定出門走走。你找到夜班護士了嗎？」

「我就是夜班護士。」她說：「我決定二十四小時值班。」

他露出親切但滿不在乎的微笑。

「我發現你離開了，但隱約感覺你會回來。請幫我找找我的飾鈕，應該就在一個仿玳瑁的小盒裡，不然就在……」

他輕輕甩了下身子讓衣服更服貼，再拉出外套袖子裡的襯衫袖口。

「我以為你已經放棄我了。」他若無其事地說。

「我也這麼以為。」

「你不妨看看那桌上。」他說：「看看我為你畫的一系列連環漫畫。」

「你約了什麼人？」她問。

「總統的祕書。」他說：「我打理了半天還是沒個樣子，才打算放棄，你就進門了。麻煩幫我點些雪利酒好嗎？」

「就一杯。」她不耐煩地答應。

不一會兒，他從浴室中呼喚：

「喔，護士，護士，我的生命之光，另一顆飾鈕呢？」

「我會拿進去。」

浴室裡，她見到他臉上的蒼白與興奮，聞到他氣息中混雜著薄荷與琴酒的味道。

「你會很快上來吧？」她問。「卡特醫生十點鐘會到。」

「胡說什麼！你要跟我一起下去。」

「我？」她驚呼：「就這一身毛衣和裙子？作夢！」

「那我就不去了。」

「那好呀，上床去。反正那才是你該待的地方。你不能明天再見這些人嗎？」

「不行，當然不行！」

她繞到他身後，伸手越過他的肩膀幫他繫領帶——他襯衫上別飾鈕的地方已因擠壓而留下了印子，於是她建議：
「不換件襯衫嗎？如果待會兒要見的是你喜歡的人？」
「好吧，不過我要自己來。」
「為什麼不讓我幫你？」她惱怒地質問：「為什麼不讓我幫你換衣服？不然請看護要做什麼……我在這裡又有什麼用？」
他突然坐上馬桶座。
「好吧……請便。」
「別抓我的手腕喔。」她說，接著是：「抱歉。」
「別擔心，不會痛的。你馬上就知道。」
她脫下他身上的外套、背心和硬挺的襯衫，但從頭脫下汗衫之前，他抽了口菸，耽擱了她。
「看好了。」他說：「一──二──三。」
她拉起汗衫，他則同時將香菸灰紅色的菸頭如匕首般刺向自己的心臟。

菸頭在他左肋上一塊差不多銀幣大小的銅板上捻熄，幾顆火星跳上他的肚子，讓他發出一聲「哎喲！」

現在該是硬起心腸的時候了，她想。她知道他首飾盒裡擺了三枚戰爭勳章，但她本身也涉過不少險：在肺結核病患之間穿梭，還有一次的狀況甚至更糟，只是她事先並不知情，事後也始終無法諒解那位醫師知情不報。

「你為那個吃了不少苦吧，我猜。」她邊幫他指淨，邊淡然地說：「那不會癒合嗎？」

「永遠不會。這可是塊銅板。」

「嗯，但這也不能作為你如此對待自己的藉口。」

他棕色的大眼睛凝視著她，銳利……冷漠、迷惘。下一秒，他以動作表示，自己願一死了之，而依憑著迄今所有的訓練和經驗，她清楚自己已無法為他提供任何助益。他起身，靠著洗臉盆站穩身子，雙眼直直盯著前方某處。

「聽著，只要我待在這裡，就不許你再碰酒。」她說。

突然間，她明白他不是在找酒。他是在注視著前一晚酒瓶被砸碎的那個角落。她望著他英俊的臉龐，軟弱無力又目空一切的臉龐——她連半轉個身也不敢，因為她知道死亡就匿在他注視的那一角。她瞭解死亡——她聽過死亡的聲音，聞過它鮮明的氣味，但從未見過它進入人體之前的樣貌，而她知道這個男人就在這浴室的一角見到了。她知道當他無力地咳出一口痰，並將痰抹在褲子的滾邊上時，死亡就站在那兒看著他，在那兒閃動著劈啪作響的片刻光芒，見證他臨終前的姿態。

隔天她試圖將此事傳達給希克森夫人：

「這不是我們所能戰勝的——不管盡了多大的努力。這人大可使勁扭傷我的手腕，我也不怎麼在乎，只是你真的幫不了他們，這實在太令人洩氣了……一切都是徒勞。」

新生
A New Leaf

⊠

1.

這天終於暖和到能讓人走出戶外，在布洛涅森林裡野餐。栗子花斜斜劃過桌面後，恣意落進了奶油和紅酒中。茱莉亞・羅斯伴著麵包吃下幾片花瓣，也聽著池塘裡大金魚掀細波、麻雀繞著空桌飛轉的聲音。你又可以瞧瞧每個人了——掛著職業表情的侍者、從頭到腳都充滿戒心的法國女人，還有坐在她對面、一顆心懸在叉子上的菲爾・霍夫曼，以及那位剛登上露台、英俊非凡的男子。

……清朗透心的紫午

濕氣輕輕吹吐

包覆每朵待放的蓓蕾……

茱莉亞只是隱隱打顫。她克制住了，沒有讓自己縱身大喊：「咿咿咿咿！太帥了吧？」並將領班一把推進百合花池裡。她一個舉止得宜的二十一歲女子，正襟危坐，並隱隱打顫。

菲爾掐著餐巾起身。「你好呀，迪克！」

「嗨，菲爾。」

答話的正是那位英俊男子。菲爾往前走了幾步，和他在離桌子有段距離之處交談。

「……在西班牙見到了卡特與凱蒂……」

「……湧進了不來梅……」

「……所以我原本打算……」

男子繼續往前走，身後還跟了位侍者領班。菲爾重新入座。

「那是誰？」她詢問。

「我一個朋友——迪克・瑞格藍。」

「他無疑是我這輩子見過最帥的男人。」

「沒錯，他是很帥。」他意興闌珊地贊同。

「帥斃了！他根本是大天使，是美洲獅，是可餐秀色啊。你怎麼沒幫我介紹一下？」

「因為他也是所有旅居巴黎的美國人中最聲名狼藉的。」

「胡說。一定是有人惡意中傷他。盡是些下流的栽贓嫁禍吧——許多善妒的丈夫發現妻子瞥了他一眼就打翻醋罈子了。我說啊，那個男的這輩子除了率領騎兵隊衝鋒陷陣和拯救溺水的小孩以外，什麼也沒做。」

「事實卻是他到哪兒都不受歡迎——其中原因還多不勝數。」

「什麼樣的原因？」

「各式各樣。酒精、女人、牢獄、醜聞、開車撞死人、懶惰、沒用……」

「我一個字也不信。」茱莉亞堅定地說：「我敢打包票，他一定極其迷人。看你跟他說話的樣子，你八成也這麼覺得吧。」

「是啊。」他不情願地說：「他確實跟許許多多的酒鬼一樣具有某種魅力——要是他能躲到其他地方一個人發酒瘋，而不是當著人家的面就好了。每當有人喜歡上他，並開始大力吹捧他時，他就把湯倒進女主人背後，再跑去親吻女服務生，然後倒在狗窩裡不醒人事。他太常幹這種事，差不多每個人都得罪光了，現在一個朋友也不剩。」

「還有我啊。」茱莉亞說。

還有茱莉亞。對任何人來說，她都似乎帶有那麼一點高不可攀的姣好，連她自己有時也因這副天生麗質而感到遺憾。凡是能為容貌添姿增色的東西都是有所代價的——也就是說，那些原被視為可權充美麗的特質，一旦直接添加到美貌之上，反而會成為缺陷。茱莉亞那雙明亮的淡褐色眼眸原本已夠巧倩，不需要帶有探詢意味的智慧之光在其中閃爍增色；她活潑過了頭的滑稽讓她溫潤怡情的嘴唇失色不少。而若她沒聽從嚴格父親的管教，老是坐或站得直挺挺的，反倒能慵慵懶懶和故作姿態一些，她身形的美妙或許會更明顯。

那些同樣完美的年輕男性曾多次帶著禮物現身，但他們身上普遍有種已臻完滿的氛圍，缺乏可以發展的空間。另一方面，她發現格局較大的男人在年輕時都有些尖銳的稜稜角角，而她本身對此也還未到能夠欣賞的年紀。好比說，面前就有位年輕傲慢的自我主義者——菲爾・霍夫曼；他顯然會成為一名傑出的律師，而且還真的追她追到了巴黎。她跟所有認識的人一樣喜歡他，雖說他目前行徑充滿了身為警察首長之子的蠻橫霸道。

「我今晚就要前往倫敦，星期三搭船回美。」他說：「而你整個夏天都會待在歐洲，每隔幾週就跟新的追求者耳鬢廝磨。」

「等我需要聽到你說那種話的時候，就表示你有機會了。」茱莉亞說：「為了不讓你這話白白浪費，我要你為我引見那個叫瑞格藍的男人。」

「就在我離開前的幾個小時！」他抱怨。

「但我已經給了你整整三天的時間，還指望你能採取更有效的攻勢呢。有點風度，去請他來喝杯咖啡吧。」

迪克．瑞格藍先生加入他們時，茱莉亞開心地倒抽一口氣。他體態健美，棕褐色的肌膚搭著金髮，臉上還散發出獨特的光輝。他的嗓音沉穩中帶有熱情，彷彿總會因為某種快意的絕望而微微震顫。他看著茱莉亞的方式讓她覺得自己魅力無窮。在這半小時的時光中，他們的話語愉悅地飄揚在紫羅蘭和雪花蓮、勿忘草和三色堇的香氣之間，她對他的興趣也逐漸加深。她甚至很高興聽見菲爾說：

「我剛想到還得處理我的英國簽證。雖知不妥，我也只好留下你們這兩隻才看對眼的愛鳥獨處了。你能在五點鐘到聖拉札爾火車站替我送行嗎？」

他看著茱莉亞，希望她會說：「我現在就跟你走吧。」她非常清楚自己沒理由跟這男人獨處，但他會逗她笑，而她近來笑得不多。於是她說：「我再待一會兒。這裡是如此美好宜人。」

菲爾走了以後，迪克．瑞格藍提議來點上好的香檳。

「我聽說你的名聲很糟？」她脫口而出。

「糟透了。甚至沒有人會再邀我出去。要我戴上我的假鬍子嗎？」

「這太奇怪了。」她追問：「你這樣豈不就自絕於世了嗎？你知道菲爾在介紹你之前，還覺得有必要事先警告我關於你的一切？而我也很有可能就請他別介紹了。」

「你為何沒那麼做？」

「我認為你看起來很有魅力，那樣未免太可惜。」

他臉上的表情變得空洞。茱莉亞看出這種話他已太常聽見，根本無法打動他。

「反正不關我的事。」她隨即又說。她沒意識到在某種程度上已被放逐的他，對她來說其實更添吸引力。迷人的並非那放蕩本身——那只是一個抽象概念，畢竟她從未見識過何謂放蕩——而是他如此孤獨的結果。她身上某種隔代遺傳的基因帶著她走出去迎向部族的陌生人；這人來自一個習性截然不同的世界，身上充滿各種意想不到之處——充滿各式冒險。

「我再告訴你一件事。」他突然說：「從六月五號，我二十八歲生日那天起，我就永遠不碰酒了。喝酒這件事已經沒什麼樂趣。顯然我不是那少數幾個真的無酒不歡的人之一。」

「你確定戒得了？」

「我向來是言出必行。我還會回紐約工作。」

「我很訝異自己竟然會感到這麼高興。」這話說得魯莽，但她沒收回。

「再來點香檳？」迪克提議：「你會更高興哦。」

「你會一直這樣下去，直到生日那天為止？」

「大概吧。我生日那天會在奧林匹克號上，身處茫茫大海。」

「我也會搭那艘船耶！」她驚呼。

「那你可以看著我迅速改頭換面。我會為了船上的音樂會這麼做。」

桌子一張張地被清空。茱莉亞心知是時候該走了，但她無法就這麼任他一人坐在那兒，笑容下潛藏著一臉不幸的神情。出於母性，她覺得應該說點什麼助他堅定決心。

「告訴我你為何要喝這麼多。或許是某些你自己也弄不清楚的模糊原因？」

「喔，我很清楚是怎麼開始的。」

他娓娓道來，另一個小時也隨之流逝。他十七歲步入戰場，而回來之後，就覺得戴著小黑帽的普林斯頓新鮮人生活有點乏味了。於是他北上波士頓理工學院，接著出國到法國美術學院進修。事情就在那兒發生。

「差不多在我繼承了一些錢的同時，我發現幾杯黃湯下肚後，整個人竟變得口若懸河，且不知怎地就是很有辦法討人喜歡。我被這點沖昏頭了。接著我開始灌酒，好維持這種狀態，好讓每個人都認為我很有一套。結果呢，我經常喝得爛醉如泥，還跟大多數的朋友起過口角。後來我遇到了一群狂野的傢伙，跟他們混了一陣子。但我老愛擺出一副高高在上的樣子，也常突然會覺得：『我跟這堆人混在一起幹嘛？』這就讓他們不太高興了。而當我乘坐的計程車撞死了一個人，被起訴的卻是我。明明是遭人嫁禍，但這事兒已見了報，所以我被釋放後，依然留有一種殺人犯的印象。於是我這五年都只背負著一種惡名，使得每個母親一發現我也在同一間旅館，就會趕緊把自己的女兒送走。」

一名不耐煩的侍者在他們附近徘徊；她看了看錶。

「天哪，五點還得去送送菲爾。我們竟然在這裡待了一整個下午。」

他們匆匆趕往聖拉札爾車站時，他問道：「可以讓我再見你一面嗎？還是你寧可就這麼算了？」

她回望他深長的凝視。他臉上、那溫暖的雙頰上、那挺然卓立的體態上，都不見任何放蕩的痕跡。

「我在午餐期間一向很清醒。」他像個殘疾之人般補上一句。

「這我不擔心。」她笑道：「後天帶我去吃午餐吧。」

他們急忙登上聖拉札爾車站的階梯，卻見金箭號的最後一節車廂已朝著英吉利海峽疾駛而去。茱莉亞深感懊悔，畢竟菲爾遠道而來。

帶著某種贖罪的心理，她回到跟阿姨同住的公寓後便試著寫封信給他，但迪克．瑞格藍不斷闖進她的思緒。到了隔天早上，他那張俊俏臉龐的效力才稍微褪去；她想給他寫張字條，說自己無法見他。不過，他好歹只對她提出了個簡單的請求，而這一切都是她自找的。她於約定當天的十二點半等著他。

這些事茱莉亞對她阿姨隻字未提。阿姨約了人吃午餐，或許還會在無意之間提起他的名字。跟一個不能被提及姓名的人出去感覺真怪。他遲到了。她邊在門廳等候，邊聽著飯廳午宴席間傳來鸚鵡式一再重複的閒談。到了一點鐘，她開門應鈴。

外廊間站著一個她自認從未見過的男子。他的臉色慘白，鬍子刮得亂七八糟，頭上的軟帽被擠壓得跟團小圓麵包似的，襯衫的領子也很髒，身上飾件除了一條領帶，其他全都不見蹤影。但當她認出眼前這人即是迪克・瑞格藍，她也察覺到一種視他人為無物的變化自他的表情浮現。他的整張臉就是一道長長的輕蔑冷笑——他的眼瞼勉力撐持，避免遮掩那定睛的凝視，耷拉的嘴扭曲地蓋過上齒，下巴則有如填過石蠟的假貨般不住搖晃著——那是張表達厭惡亦招人嫌惡的臉。

「啊囉。」他咕噥。

有那麼一刻，她往後退了一步。接著，面向門廳的飯廳突然安靜下來。受這瀰漫於整間門廳的寂靜所驅使，她將他半推到門外，然後自己也跨過門檻，關上身後的大門。

「喂喂喂！」她驚愕地一口氣吐出這些話。「昨天到現在還沒進過家門呢。參加了一個派對，就在……」

她懷著反感拉起他的手臂轉過身，伴他踉踉蹌蹌走下公寓樓梯。經過門房時，門房的妻子還從玻璃隔間裡好奇地向外窺探他們。接著他們踏出公寓，走進陽光普照的基內梅街。

春日的清新氣息自對街的盧森堡公園送來，卻吹得他形容更加古怪。他嚇壞她了；她拚命在街上來回尋找計程車，但一輛正轉過沃吉哈爾街角的計程車無視於她的招呼。

「我們上哪兒吃午餐？」他問。

「你這樣子根本沒辦法出去吃午餐。你沒發現嗎？你得回家睡覺去。」

「我沒事。喝點酒就好了。」

一輛計程車迎面而來，應她的手勢放慢車速。

「你回家睡一覺。你哪兒都不該去。」

他將目光聚焦在她身上，突然意識到她的清純、她的新奇及可愛，意識到她與自己前幾個小時身處的那個菸霧繚繞、騷亂不安的世界是如此格格不入，接著便有一股理性如微弱的電穿流過他。她見他的嘴因隱隱的敬畏而扭曲，見他暗自試著站挺身子。計程車門開了。

「也許你說得對。非常抱歉。」

「你住哪兒？」

他報出地址後跌進後座一角，那張臉仍掙扎著想正對現實。茱莉亞關上車門。

計程車一駛離，她便慌忙穿過街道，衝進盧森堡公園，彷彿身後有人正在追趕似的。

2.

湊巧的是，他當晚七點來電時，正好是她接起了電話。他用緊張且打著顫的聲音說：

「我猜白天的事就算道歉也沒什麼用吧。我不知道自己在幹什麼，但這不是藉口。若能容我明天在哪裡跟你見上一面……一下就行了……我非常希望能有機會當面跟你說我有多麼抱歉……」

「我明天很忙。」

「好吧。那星期五呢？或者任何一天都行。」

「抱歉，我這禮拜都很忙。」

「你的意思是，再也不想見到我了？」

「瑞格藍先生，我看不出這樣下去有什麼意義。確實，白天的事是有點過分了。我很遺憾。希望你身體舒服點了。再見。」

她將他完全拋諸腦後。就算聽過他的臭名，茱莉亞也沒料到這人會顯現如此醜態——所謂的酒鬼，應該是個整夜喝著香檳，或許半夜回家時還會在車上引吭高歌的人啊。這種景象發生在日正當中時，就完全是另一回事了。茱莉亞受夠了。

這段期間，還有別的男人邀她到西羅餐廳用午餐、到布瓦舞廳跳舞。菲爾·霍夫曼從美國捎來一封語帶責備的信。菲爾對此事的先見之明，加深了她對他的好感。兩個星期過去了，而要不是在幾次談話中聽到別人輕蔑地提及這名字，她應該早就忘記迪克·瑞格藍這號人物。顯然他以前就幹過這種事。

後來她在預定啟航的前一週，於白星航運公司的售票處偶然碰見了他。他還是一樣英俊——她簡直不敢相信自己的眼睛。他一隻手肘靠在桌上，健美的身軀直挺挺地立著，手上的黃色手套就跟他清澈閃亮的雙眸一樣無瑕。他熱情活潑的個性感染了售票員，讓對方意亂神迷、畢恭畢敬地為他服務。

後面幾個速記員抬頭看了看，互相交換了一個眼神。接著他瞧見茱莉亞。她點點頭，他則迅速閃過一絲畏縮的表情，然後脱帽致意。

他們同在桌前待了許久，彼此間的沉默令人窒息。

「還真費事，對吧？」她說。

「是啊。」他侷促地回答，接著又説：「你要搭奧林匹克號？」

「喔，對。」

「我以為你會改變主意。」

「當然不會。」她冷冷地説。

「我想過換一班船。事實上，我正是來打聽船班的。」

「這太荒謬了。」

「你不會討厭看到我嗎？討厭到我們在甲板上擦肩而過就會害得你暈船？」

她笑了。他抓緊機會：

「從我們上次見面之後，我也有點長進了。」

「別提那事兒了。」

「那好吧，是你長進了。你身上穿的是我見過最漂亮的衣服。」

這話說得冒昧，但她感覺自己在他的恭維下微微發亮。

「要不要一起到隔壁的咖啡店喝杯咖啡？就只是從這些折磨中恢復點元氣。」

她真是太軟弱了，竟這樣跟他說話，還任他大獻殷勤。簡直就跟被蛇震懾住了一樣。

「恐怕不行。」他臉上浮現某種極其畏怯又脆弱的神色，讓她心上一小條肌腱抽了一抽。「唔，好吧。」她很驚訝自己居然這麼回答。

她坐在陽光遍灑的人行道座位上，沒什麼會讓她想起兩週前那個糟糕的日子。可真是傑柯與海德★的翻版啊。他彬彬有禮，他風度翩翩，他幽默風趣。他讓她感覺……噢……如此充滿魅力！而且他毫無非分之想。

「你停止喝酒了嗎？」她問。

「要到五號才會停。」

「哦！」

「我會喝到說要戒的那天為止。然後就滴酒不沾。」

茱莉亞起身準備離開時，對他擇日再聚的提議搖了搖頭。

「我們船上見。等你過了二十八歲生日之後。」

「好吧。還有一件事：我對這輩子唯一愛過的女孩做出了無可饒恕的事，罪該萬死。」

她上船的頭一天就見到了他，而且隨即感到沮喪不已，因為她終於意識到自己對他的渴望。無論他有怎樣不堪的過去，無論他幹過什麼勾當都不要緊。但這不表示她會讓他知道這件事，只不過他比她見過的任何男人更能讓她產生化學變化，任何男人在他旁邊都相形失色。

他在船上很受歡迎。她聽說他要在二十八歲生日當晚辦一場派對。茱莉亞並未受邀。他們倆碰見時會愉快地聊上幾句，僅此而已。

五號的隔天，她發現他一副面無血色的樣子癱倒在躺椅上。他細緻的額頭和眼睛四周已鋪上皺紋；他伸手拿杯清湯時，手還會不斷打顫。到傍晚時分他仍躺在那裡，明顯痛苦不堪，明顯受盡折磨。來回繞了三次後，茱莉亞忍不住主動開口：

「新時代來臨了嗎？」

他想起身，但欲振乏力。她示意他躺著就好，接著便在相鄰的椅子上坐

★ Jekyll and Hyde，為《化身博士》中主角的雙重性格。善良的傑柯博士發明了一種藥劑，喝下後夜晚便化身為邪惡的罪犯海德，讓他終日徘徊在善惡兩極之間。

下。

「你看起來很疲憊。」

「我只是有點神經緊張。這是我五年來頭一天沒碰酒。」

「很快就會漸入佳境的。」

「我知道。」他堅強地說。

「別屈服。」

「我不會的。」

「我能幫上什麼忙嗎？要不要來顆鎮靜劑？」

「我受不了鎮靜劑。」他以近乎不悅的語氣說。「還是不用了，謝謝。」

茱莉亞站了起來：「我知道你一個人待著會好過點。明天情況就會好轉了。」

「別走——如果你還受得了我。」

茱莉亞再次坐下。

「給我唱首歌吧……你會唱歌嗎？」

「什麼樣的歌？」

「悲傷的……類似藍調那種。」

她以低沉、輕柔的嗓音，為他唱了莉比・賀曼（Libby Holman）的〈故事就這麼結束〉。

「真好聽。再唱點別的吧。或重唱一遍也好。」

「好吧。你愛聽的話，我可以為你唱一整個下午。」

3.

抵達紐約後的第二天，他撥了通電話給她。「我好想你。」他說：「你有想我嗎？」

「不瞞你說，我的確有。」她不情願地承認。

「很想嗎？」

「我非常想你。你好點了嗎？」

「我現在沒事了，只是還有點神經緊張，不過明天就會開始工作。什麼時候能見面？」

「你想見的時候。」

「那就今天晚上吧。還有……再說一次。」

「說什麼？」

「說你的確有想我。」

「我的確有。」茱莉亞順從地說。

「想我。」他補充。

「我的確有想你。」

「嗯。你說起來聲音就像首歌似的。」
「再見，迪克。」
「再見，茱莉亞寶貝。」

她原先計畫在紐約停留兩個禮拜，卻待了兩個月，因為他不讓她走。白晝的工作取代了酒癮，但下了班他就必須見到茱莉亞。

而當他來電說自己在劇場工作結束後已累得無力外出，她有時也會吃起他工作的醋。少了酒，夜生活對他來說就毫無意義——只是既殘缺又敗興的東西。但對從不喝酒的茱莉亞而言，夜生活本身就充滿了刺激——音樂、爭奇鬥豔的服裝，還有翩翩共舞的俊男美女。起先他們偶爾會撞見菲爾·霍夫曼。茱莉亞認為他對此事的態度未免太小心眼了。後來他們就沒再見過他。

這期間還發生了幾件不愉快的插曲。有位老同學埃絲特·凱瑞跑來問她是否清楚迪克·瑞格藍在外的名聲。茱莉亞沒有發脾氣，而是邀她跟迪克見見面，後來也很高興埃絲特一下就改觀了。還有一些令人煩躁的小事，所幸迪克那些惡行惡狀僅限於巴黎，到了這裡就只被當作一片遠方的假象。現在他們深愛著彼此——那個白天的記憶正緩緩從茱莉亞的腦海中抹煞——但她想要更加確定。

「六個月後，如果一切都像現在這樣沒變，我們就宣布訂婚。再過六個月，我們就結婚。」

「這麼久啊。」他哀嘆。

「反正在那之前，我們都等了五年了。」茱莉亞答道：「我全心全意相信你，但有個聲音要我再等等。記住，我也是在為未來的孩子打算。」

那五年青春……噢，就這麼似箭如梭地一去不復返。

八月時，茱莉亞為了探視家人而去加州兩個月。她想知道迪克一個人獨處會怎麼樣。他們天天通信，而他的信交替呈現了歡樂、消沉、疲倦和希望。他的工作漸入佳境。隨著生活步上正軌，他的叔叔開始由衷地信任他，但他無時無刻不深深思念他的茱莉亞。就在一張突如其來的絕望字條開始出現之後，她將探親時間縮短了一週，提前東返紐約。

「喔，感謝老天，你可終於回來了。」他們手挽著手步出中央車站時，他高喊著。「這段日子真難熬。最近我好幾次都想去喝個痛快，只能靠對你的想念撐過去，而你又如此遙遠。」

「親愛的……親愛的，你怎麼這麼疲憊蒼白？你太投入工作了。」

「不，純粹是因為一個人的生活太淒涼。我上床的時候，心就會不斷地翻騰。我們就不能早點結婚嗎？」

「我不知道。再看看吧。你的茱莉亞已經回到你身邊了，其他的都不重要了。」

一週後，迪克的沮喪煙消雲散。當他難過，茱莉亞就把他當成自己的孩子，托著他俊俏的臉龐靠在胸前。但她最愛的，還是那個自信滿滿，能鼓舞她、逗她笑，讓她感覺備受呵護和充滿安全感的他。她跟另一名女孩合租一間公寓，還在哥倫比亞大學選修生物學和家政學的課程。深秋降臨時，他們一同去看美式足球比賽和新上檔的秀，一同踏過中央公園的初雪，一週也有好幾次在她寓所的爐火前共度漫長夜晚。但隨著時間流逝，他們倆都漸漸失去耐性。就在聖誕節前，有位稀客出現在她門前——菲爾・霍夫曼。這可是數月以來頭一遭。拜紐約眾多櫛比鱗次的獨立梯子所賜，就是彼此相熟的朋友也難得見上一面。也因此，若是關係緊張時，要避不見面就更容易了。

這兩人變得生疏不已。自從他表明對迪克的懷疑後，就自動成了她的敵人；另一方面，她則看出他大有長進，一些剛硬的稜角已被磨得圓滑。他現在是地方助理檢察官，常帶著因職業而與日俱增的自信四處走動。

「所以你要嫁給迪克了？」他說：「什麼時候？」

「快了。等我媽來東岸的時候。」

他大力搖了搖頭。「茱莉亞，別嫁給迪克。這不是嫉妒——我知道何時該認輸——但要你這麼一個美麗的女孩直直往滿是岩塊的湖裡跳，實在太可怕了。你憑什麼認為人會改變自己的流向？有時他們或許會乾涸，或甚至流進另一條平行的水道，但我從沒見識過任何人會真的改變。」

「迪克就改變了。」

「也許吧。但這難道不是一個天大的『也許』嗎？假如他毫無吸引力，而你就愛這樣的他，我會說儘管去吧。或許我大錯特錯，但事實不就該死的擺在眼前嗎──令你著迷的是他那張俊俏的臉蛋和那些魅力十足的舉止。」

「你不瞭解他。」茱莉亞忠誠地回答：「他跟我在一起的時候不一樣。你不知道他有多溫柔，多敏感。你這樣也太卑鄙小人了吧？」

「嗯。」菲爾想了一會兒。「我想幾天後再跟你見個面。或許我會直接去找迪克談談。」

「你別去騷擾迪克。」她高聲說：「不用你煩他，他就已經有夠多事要操心了。如果你是他朋友，就該試著幫他，而不是背著他來找我。」

「我跟你做朋友在先。」

「我現在和迪克是一體的。」

然而三天後，迪克在他通常已進辦公室的時間前來找她。

「我是被逼著來的。」他輕描淡寫地說：「菲爾・霍夫曼威脅要揭發我。」

她的心陡然一落。「他投降了嗎？」她心想。「他又碰酒了嗎？」

「事情跟一個女孩有關。你去年夏天介紹我們認識，還交代我要好好善待她……就是埃絲特・凱瑞。」

現在她的心緩慢地跳著。

「你去加州之後，我很寂寞，然後碰見了她。她那天就喜歡上我了，有一陣子我們也蠻常見面。後來你回來，我便切斷了這段關係。有點棘手；我沒發現她竟然陷得這麼深。」

「我懂了。」她乏力而驚恐地說。

「請盡力理解看看。那些可怕孤寂的夜晚。我想要不是有埃絲特，我早就破戒了。我從沒愛過她……除了你我沒愛過別人……但我當時得見見某個喜歡我的人。」

他舉起一隻手摟住她，但她只覺全身發冷，於是他放開了手。

「所以哪個女人都行囉。」茱莉亞慢條斯理地說：「誰都無所謂。」

「才不是！」他大喊。

「我離開那麼久，就是要讓你靠自己的力量振作起來，找回你的自尊。」

「我只愛你一個啊，茱莉亞。」

「但隨便哪個女人都能幫你。所以你並不是真的需要我，對吧？」

他的臉上又浮現茱莉亞曾見過多次的脆弱神情。她坐上他的椅臂，用手撫過他的臉頰。

「你又給了我什麼？」她質問：「我原以為擊敗你那些軟弱的毛病之後，一股慢慢累積的力量就會形成。可現在你又給了我什麼？」

「我的一切。」

她搖了搖頭。「什麼也沒有。徒有你這副好看的外表……而這昨天晚餐時的侍者領班也有。」

他們談了兩天，什麼也沒決定。有時她會拉近他，伸手摸摸她如此喜愛的雙唇，但被她圈在懷裡的彷彿是堆稻草。

「我會離開，讓你有機會好好想一想。」他絕望地說：「沒有你我活不下去，但我想你不會嫁給一個無法信任或無所冀望的人吧。我叔叔希望我去倫敦辦些事……」

他離開的那個晚上，黯淡的碼頭渲染著悲淒。唯一撐持她不崩潰的，就是眼前離她而去的並非心中那股力量。沒有他，她會一樣堅強。然而當朦朧的燈光打上他形狀完好的眉毛和下巴，當她瞧見那一張張回頭望向他的臉、那一雙雙尾隨他的目光，一陣強烈的空虛感攫住了她，讓她想說：「算了，親愛的。我們再一起試試看吧。」

但要試什麼呢？在成功與失敗之間碰運氣乃是人性，但要在適足和災難間孤注一擲……

「喔，迪克，好好保重，要堅強，要回到我身邊。改變，改變，迪克……要改變！」

「再見，茱莉亞……再見。」

她最後一次看見他時，他在甲板上劃火柴點菸。火光將他的側臉映得有如浮雕飾品般稜角分明。

4.

起始跟結束，陪在她身邊的都是菲爾·霍夫曼，也是他盡可能婉轉告知她這個消息的。他八點半就到她的公寓，細心地將門外的早報給扔棄。迪克·瑞格藍已消失於茫茫大海。

但在她爆出第一聲狂烈的悲嚎後，他刻意變得有些冷酷無情。

「他很瞭解自己。他的意志已經耗盡，不想再活下去了。而且，茱莉亞，為了讓你知道你沒什麼好自責的，我就姑且告訴你這件事：他有四個月幾乎沒踏進辦公室了……就從你去加州開始。是因為他叔叔，他才沒被開除，而他要去倫敦辦的事也根本無關緊要。自從失去了他最熱愛的東西之後，他就放棄了。」

她正顏厲色地看著他。「他沒喝酒，對吧？他當時沒醉吧？」

那一瞬間，菲爾遲疑了。「沒有，他沒喝酒。他信守了承諾……堅持到底。」

「這就是了。」她說：「他信守承諾，而且寧死不屈。」

菲爾不甚自在地聽著。

「他說到做到，還因此而心碎。」她哽咽地繼續說：「啊，人生有時可真殘酷……太殘酷了，從不放過任何人。他是多麼勇敢……他為了堅守自己的諾言而送命。」

菲爾很欣慰自己已把那份暗示迪克曾在酒吧裡一夜快活的報紙丟了——這也只是菲爾所聽聞他過去幾個月的諸多快活夜晚之一。結束了，他大大鬆了一口氣，因為迪克的軟弱已威脅到他所愛之人的幸福；但他也深感遺憾——甚至能理解迪克終究得將生活的失衡轉向某種傷害的原因——不過他還夠明智，曉得應該讓茱莉亞在這堆破碎殘片中保留一點夢。

一年後，就在他們結婚前，有個不太愉快的時刻。那時她說道：

「你能理解我對迪克所抱持，且將恆久不渝的情感吧，菲爾？這不只是因為他好看的外貌。我相信他……從某個意義上來說，我也沒錯。他是寧為玉碎，不為瓦全啊。他是個墮落的人，但不是個壞人。第一眼見到他時，我心裡就很清楚了。」

菲爾臉上抽了一下，但他什麼也沒說。或許在他們所知背後還藏有更多的隱情。最好還是都任其沉澱在她內心及茫茫大海的深處吧。

失落的十年
The Lost Decade

這家新聞週刊的辦公室有各式各樣的人進進出出，而歐里森・布朗跟他們有各式各樣的關係。下班時間他是「編輯之一」——上班時則只是曾在前年編過達特茅斯學院搞笑刊物的捲毛男，現在樂於承接辦公室內所有不受歡迎的差事：從整理字跡難辨的稿子，到扮演沒有名銜的打雜小弟，他全包了。

他見過這位訪客走進編輯辦公室——一名蒼白、高大的四十歲男子，有頭雕像般柔順光滑的金髮，舉止不羞餒、不畏怯，也不像僧侶般超脫塵俗，而是兼容了三者。那名片上的姓名——路易斯・川伯——喚起了他一些模糊的印象，卻始終勾不起任何記憶。但歐里森沒有為此大傷腦筋——直到他桌上的呼叫鈴響起。過去的經驗提醒，這位川伯先生將是他午餐時第一道要擺平的餐點。

「這位是川伯先生、這位是布朗先生。」說話的是發放所有午餐費用的源頭。「歐里森——川伯先生離開了好一陣子。或者說他**感覺**離開了很長一段時間——將近十二年了。對某些人來說，能錯過這十年搞不好還算走運。」

「的確是。」歐里森說。

「我今天沒辦法出去吃午餐。」他的上司繼續說：「帶他去瓦贊或二一俱樂部，或是看他想去什麼地方。川伯先生覺得自己有很多東西都還沒見識過。」

川伯禮貌地提出異議。

「哎，我一個人行的。」

「我知道，老弟。沒人比過去的你更瞭解這地方——如果布朗想跟你解釋那些不用馬拉的車是怎麼回事，直接把他送回我這邊得了。然後你到了四點自己會回來，對吧？」

歐里森取來他的帽子。

「你離開了十年？」他們搭電梯下樓時，他問。

「帝國大廈開始動工那時吧。」川伯說。「那是多久以前的事？」

「一九二八年左右。但正如老大說的，你能避開那堆麻煩事真是幸運。」他又試探性補了一句：「或許當時你有更有趣的事要做？」

「算不上有。」

他們踏上街道，而川伯一聽見車輛轟鳴就臉色一緊的樣子，讓歐里森再放膽一猜。

「你遠離了文明世界？」

「就某方面而言是。」字斟句酌的回答讓歐里森斷定這人除非自願，否則不會輕易開口——同時揣測著他有沒有可能整個三零年代都在監獄或瘋人院中度過。

「這就是知名的二一俱樂部。」他說：「還是你想到別的地方吃？」

川伯停下腳步，仔細檢視這棟褐色砂石建築。

「我還記得二一這名號是何時開始響亮起來的。」他說：「差不多跟莫里亞提餐廳同一年吧。」接著他近乎道歉般說道：「我想我們可以沿著第五大道往北再走個五分鐘，然後看到什麼館子就進去吃。一些可以看到年輕人的館子。」

歐里森迅速瞥了他一眼，並再次聯想到柵欄、灰牆、柵欄；他不知道這下是不是還得為川伯先生介紹一些千依百順的女孩，但川伯先生看上去似乎沒有這般打算──他的臉上淨流露著純粹且根深柢固的好奇。歐里森試著將他的名字跟伯德將軍*在南極的藏身處或於巴西叢林失去下落的飛行員聯結起來。他想必是，或至少曾經是個人物──這一望即知。但關於他的來歷，就只有一條明確的線索──而這線索對歐里森毫無幫助──便是他如鄉下人般遵守交通號誌，且走路時偏好靠向店面而非街道。他還一度停步注視著男性服飾店的櫥窗。

「綢綢領帶。」他說：「我離開大學後就沒見過了。」

「你念哪裡？」

「麻省理工。」

「好地方。」

「我下星期會回去看看。我們在這兒附近吃吧……」他們就快接近六十街口。「……你挑個地方。」

街角就有一間張著小遮棚，還不錯的餐廳。

「你最想看什麼？」他們坐下時，歐里森問。

川伯認真想了想。

「嗯……人的後腦杓吧。」他表示：「他們的頸子——他們的腦袋是如何接上身體的。我也想聽聽那兩個小女孩在跟她們的爸爸說什麼。我不是指她們說話的內容，而是語調的浮沉；她們說完話又是怎麼闔上嘴的。其實就是韻律吧——柯爾．波特（Cole Porter）一九二八年回到美國，就因為他感覺這裡出現了新的韻律。」

歐里森現在確定自己總算掌握了線索，於是體貼地打住問題，不再越雷池一步——甚至克制住自己突如其來的衝動，沒有脫口說今晚卡內基音樂廳就有場盛大的音樂會。

「湯匙的重量——」川伯說：「真輕。好一只連著條狀把手的小小碗。還有那位侍者投來的眼神。我以前認識他，但他不會記得我的。」

★ Richard E. Byrd，美國著名飛行員兼探險家，曾宣稱自己是全球首位飛越北極跟南極的人。

不過他們正準備離開餐廳時，那位侍者好不疑惑地看著川伯，彷彿就快認出他來。出了餐廳後，歐里森笑著說：

「十年都過去了，人難免會忘。」

「哦，我去年五月才在那兒吃過晚飯……」他突然噤口不語。瘋得徹底——歐里森心想，並隨即轉換成嚮導的角色。

「你從這裡看，整個洛克菲勒中心一覽無遺。」他興致勃勃地指著。「……還有克萊斯勒大廈和阿米斯德大廈。那兩棟是所有新大樓的祖師爺。」

「阿米斯德大廈。」川伯順從地伸長脖子眺望。「是啊——我設計的。」

歐里森興奮地頭一抖——他早習慣跟各式各樣的人打交道了。但他去年五月上過那家餐廳的這番話……

他停在大樓柱石的銅製楣構前。「立於一九二八年。」上面寫道。

川伯點點頭。

「但我那年喝太多了——醉得一塌糊塗。所以一直到現在才算真正見過。」

「哦。」歐里森猶豫著。「那現在想進去看看嗎？」

「我進去過——進去過很多次，就是沒有好好瞧過這棟建築。現在也沒特別想看了。今後大概也不會有什麼心情看。我只想瞧瞧現在的人都怎麼走路，他們的衣服、鞋子、帽子又是什麼做的。還有他們的眼睛和雙手。你願意跟我握握手嗎？」

「樂意之至，先生。」

「謝謝。謝謝。你人真好。我猜這看起來很怪吧——別人說不定會以為我們是在道別呢。我想再沿著大道走走，所以我們就真的道別吧。跟公司說我四點會回去。」

歐里森望著他邁步離去，也半預期他拐進一間酒吧。倒是他身上完全看不出買醉的意圖，也聞不到買過醉的酒氣。

「老天……」他自言自語。「一醉就是十年。」

他突然感觸著自己身上大衣的紋路，接著伸出手，將拇指壓在身旁大樓的花崗岩上。

重返巴比倫
Babylon Revisited

☒

1.

「那坎伯先生呢？」查理問。

「去瑞士了。坎伯先生病得不輕，威爾斯先生。」

「真遺憾。那喬治・哈特呢？」查理追問。

「回美國了。回去工作。」

「雪鳥呢？」

「他上禮拜還在這兒。不過他的朋友謝弗先生人在巴黎。」

兩個熟悉的名字從一年半前的長串名單中跳了出來。查理在筆記本上草草寫了一個地址，再將該頁撕下。

「如果你見到謝弗先生，把這交給他。」他說：「是我連襟的地址。我還沒找到下榻的旅館。」

當他發現巴黎是如此空空蕩蕩，並沒有真的大失所望，倒是麗池酒店的酒吧裡這一片沉寂顯得陌生而怪異。這不再是一間美式酒吧了——這裡變得客客氣氣，哪裡還像他自己的地方？它已回歸法國之手。打從他步下計程車，看到門僮在員工出入口跟一名男侍者閒聊，就感覺到了這份沉寂。照理說，他們在這時間應該忙得不可開交才對。

穿過走廊時，他只聽見一個孤伶伶、悶厭厭的聲音自過往喧鬧不休的女洗手間傳出。拐進酒吧時，他按老習慣直視著前方走完腳下長達二十呎的綠地毯，再將一隻腳穩穩踩在橫桿上，回過頭掃視屋內。他的目光只對上了角落一雙從報紙後面倏忽抬望的眼睛。查理找酒保領班保羅。這個保羅在牛市後期曾乘著自己那輛客製車來上班——不過總會適可而止，於最近的街角下車。可是今天保羅到鄉下的房子去了，改由艾歷克斯為他提供消息。

「不，不要了。」查理說：「近來我喝得少。」

艾歷克斯恭喜他：「兩年前你喝得可真凶。」

「我會堅持下去的。」查理跟他保證：「都撐過一年半以上啦。」

「美國的情況如何？」

「我已經好幾個月沒去美國了。我在布拉格做生意，在那兒代理兩家公司。那邊的人不清楚我的來歷。」

艾歷克斯笑了。

「還記得那晚在這兒替喬治．哈特辦的告別單身派對嗎？」查理說：「說到這個，克勞德．費森登現在怎麼樣了？」

艾歷克斯神祕兮兮地壓低聲音：「他人在巴黎，但不再上這兒來了。保羅下了逐客令。他積欠了三萬法郎，所有的酒水、午飯，經常還包括晚飯費用，都是記了超過一年的帳。後來保羅終於開口要他結清，他卻給了張空頭支票。」

艾歷克斯難過地搖搖頭。

「我真不明白，這麼一個講究格調的人……現在他的身材就像吹氣球一樣……」他用手圈出一顆肥滿的蘋果。

查理看著一群尖聲怪氣的娘娘腔在角落坐定。

「什麼都影響不了他們。」他心想：「股票或漲或跌，人們或忙或閒，他們卻永遠一個樣兒。」這地方令他意志消沉。他要來骰子，然後跟艾歷克斯擲骰賭酒。

「這次會在這邊待很久嗎，威爾斯先生？」

「就四、五天。我來看看我的女兒。」

「哦！你有女兒呀？」

外頭，一塊塊烈焰紅、瓦斯藍、鬼火綠的招牌在寂靜的雨中煙氣蒸騰地照耀。時值傍晚，街道在流動，酒館在閃爍。他在嘉布遣大道的街角搭上計程車，染成一片莊嚴粉色的協和廣場便接著從他眼畔經過。他們駛過永恆的塞納河，而此時的查理突然覺得左岸有種鄉下的土氣。

查理指示計程車開往歌劇院大街。這麼走並不順路，但他想看看暮色灑在那堂皇門面上的情景，並就地將那不斷重複著德布西〈更慢板圓舞曲〉頭幾個小節的計程車喇叭聲，想像成法蘭西第二帝國的號角。布倫塔諾書店前的鐵柵欄正在關上，杜瓦爾餐廳那排整齊小巧的中產階級樹籬後面，已坐著正在享用晚餐的客人。他在巴黎從未上過真正廉價的館子。五道菜的晚餐，四塊五法郎，合計十八美分，含葡萄酒。出於某種難解的原因，他還真希望自己吃過這種餐。

當車子駛往左岸，而他感受到那突如其來的鄉野氣息時，心想：「是我自己糟蹋了這座城市。我並沒有意識到，但日子就這麼一天天過去，然後兩年的時光也溜走了。一切都無可挽回，我也無可挽回。」

他三十五歲，一表人才。他那張愛爾蘭人表情生動的臉，因眉心間一道深邃皺紋而顯得嚴肅。他按下帕拉庭街上連襟家的門鈴時，那道皺紋更加深刻，甚至將眉頭也一併往下扯；他還感覺到腹部一陣痙攣。女僕前來開門，接著便有個可愛的九歲小女孩從她身後竄出，尖聲喊著：「爹地！」就一把撲上來，像條魚般扭著身體鑽進他的懷裡。她拉著他一隻耳朵湊近，將腮幫子貼上他的臉。

「我的小甜心。」他說。

「哦，爹地、爹地、爹地、爹地、爸比、爸比、爸比！」

她拽著他進客廳。那一家子都在裡面等著，包括一個男孩、跟他女兒年紀相仿的女孩、他的大姨子及其先生。跟瑪麗恩問好時，他小心翼翼地調整音調，避免顯現造作的熱情或反感；她則將注意力轉移到他的孩子身上，想藉此抑制那無法改變的不信任態度，但反應就明擺著有些冷淡。兩個男人友善地緊緊握了握手，林肯・彼得斯的手還在查理肩膀上搭了一下。

屋裡溫暖，且帶有一種令人安適的美式氣氛。三個孩子親暱地在通往其他房間的幾塊黃色長形過道穿梭玩耍；爐火傳出的熱烈劈啪聲及廚房裡料理法式餐點的忙碌聲，為傍晚六點鐘奏出活潑歡樂的樂音。但查理無法放鬆。他提心吊膽，從女兒身上才能汲取一些信心。女兒不時跑到他跟前，懷裡還抱著他帶來的洋娃娃。

「真的非常之好。」他回答林肯的問題時如此斷言。「那兒有許多生意完全做不起來，但我們的業績甚至比往年還好。事實上，好到不行。我下個月要把我妹從美國接來替我打理房子。我去年的收入比我手頭寬裕時還要多。你知道，那些捷克人……」

他的自吹自擂自有一番目的，然而過了一會兒，他見到林肯眼中閃過一絲煩躁之後，便將話鋒一轉：

「你那兩個孩子真不錯，教養好，有禮貌。」

「我們也覺得阿娜莉雅是個很棒的小女孩。」

瑪麗恩·彼得斯從廚房回來。她身材高䠷、眼神憂慮，但也擁有過美國女孩那種清新活潑的迷人風采。查理從未體認到這一點，因此每當有人誇她從前是多麼漂亮，他總覺得驚訝。從一開始，他們之間就存在著一種出於直覺的嫌惡。

「呃，你覺得阿娜莉雅怎麼樣？」她問。

「好極了。她十個月裡長大了那麼多，真叫我意外。這些孩子看上去個個都很好。」

「我們這一年都沒找過醫生。回到巴黎的感覺如何？」

「看到四週美國人這麼少，好像很不對勁。」

「我倒覺得高興。」瑪麗恩語氣強烈地說：「至少現在走進店裡，不會再被人家自動看作是百萬富翁。我們跟所有人一樣都吃過苦頭，但整體而言，現在的日子是愉快多了。」

「不過當初景氣好的時候，情況也不賴吧。」查理說：「我們幾乎就像王公貴族似的不可侵犯，有種魔力加身的感覺。今天下午在酒吧裡……」他發覺自己說錯話，於是支吾了起來：「沒有一個我認識的人。」

她目光銳利地看著他。「我還以為酒吧那種地方你早就泡膩了。」

「我只待了一分鐘。我每天下午喝一杯，就這麼一杯。」

「難道你晚飯前不會來一杯雞尾酒嗎？」林肯問。

「我只在每天下午喝一杯，而今天的份已經喝過了。」

「希望你堅持下去。」瑪麗恩說。

她的反感在冷冰冰的語氣中顯而易見，但查理只是笑笑。他還有更大的計畫。她的盛氣凌人反倒給了他優勢，他心知不可躁進。他要讓他們率先提起他為何來巴黎——這個大家都心知肚明的話題。

晚餐席間，他無法判定阿娜莉雅到底比較像他，還是像她的母親。只要這孩子身上沒有那些為她雙親招致禍端的種種特質，那就是萬幸了。一股強烈的保護之情湧上他心頭。他自認知道該為她做些什麼。他篤信品格；他想返回整整一個世代之前，再度相信品格是永恆可貴的要素。一切終會消亡。

他吃完晚餐便迅速離開，但不是回住處。他很好奇入夜後的巴黎會是什麼樣子，他想用比昔日更清澈、更理智的眼睛看一看。他買了張觀光賭場的加座票，欣賞了約瑟芬・貝克★演繹她巧克力色的阿拉伯式芭蕾舞姿。

一小時後他離開，朝著蒙馬特漫步而去；他踏上皮加勒街，走進布朗舍廣場。雨已停。幾個身穿晚禮服的人在歌舞俱樂部前下了計程車，流鶯單獨或兩兩相伴地四處徘徊，還有不少黑人。他經過一扇打著燈的門，門後還傳出音樂聲。一股熟悉感讓他停下了腳步。這是布里克托普舞廳；他曾在裡頭浪擲了那麼多時光、那麼多金錢。他再往前走過幾道門，便發現另一家舊日

★ Josephine Baker，移居法國的知名非裔美國藝人，集歌手、舞者及演員於一身。

常進出的聚會所，於是不經意地將頭探了進去。頃刻間，急切的樂隊爆出樂音，一對職業舞者也奮然躍起，接著是領班向他撲了過來，高聲招呼：「大批客人馬上就到，先生！」但他迅速抽身。

「你一定是醉昏頭了。」他心想。

澤利舞廳關門了，週遭那些淒冷而陰鬱的廉價旅館則皆一片漆黑；走上布朗舍街後，街景就比較明亮，還有一群本地人用道地的法語在閒聊。「詩人洞穴」已然消失，不過天堂咖啡館和地獄咖啡館的兩張大嘴還在原處打著呵欠，甚至當著他的面吞沒一輛觀光巴士上寥寥無幾的乘客——一個德國人、一個日本人，及一對美國夫婦，後者還用受驚的目光掃了他一眼。

蒙馬特的種種努力與心機也就到此為止了。所有迎合罪惡與浪費的服務只展現了孩子氣的規模，而他在此時也突然領悟到「揮霍」一詞的意義——任其隨風而逝，任其化為烏有。在午夜時分，從一地移動到另一地的每一次跨步，都是一次耗人功夫的飛躍，都是為了換取動作越趨遲緩的特權而直線上升的開銷。

他還記得只為點一首曲子，就給樂隊塞了數張千元法郎的大鈔；只為叫一輛計程車，就給門僮扔了一把百元法郎鈔票。

但他的錢也不是白花的。

付出去的錢，就算是最胡亂揮霍的那些，也都是對命運的奉獻。這般命運讓他差點遺忘最值得記憶的事物，而那些事物他現在卻再也無法忘懷——他的孩子被帶離他身邊，他的妻子逃進了佛蒙特的墳墓。

在一間小酒館的耀眼燈光下，有個女人跟他搭訕。他先是請了她一些蛋和咖啡，接著避開她那慫恿的眼神，給了她一張二十法郎的鈔票後，便搭上計程車回旅館。

2.

他一覺醒來，秋日晴朗舒適——是最適合來場美式足球的天氣。昨天的沮喪已一掃而空，連街上來往的人們他都覺得可愛。中午時分，他和阿娜莉雅面對面坐在韋泰爾大飯店裡；只有這家餐廳不會讓他聯想到香檳晚宴，以及從兩點一直吃到朦朧暮色降臨才結束的漫長午餐會。

「來點蔬菜吧？你不該吃點蔬菜嗎？」

「嗯，好。」

「有菠菜、花椰菜、胡蘿蔔和扁豆。」

「我要花椰菜。」

「要不點個兩樣蔬菜來吃好了？」

「我午餐通常只吃一樣。」

侍者裝出一副極度喜愛小孩的樣子，以法語說：「多可愛的小女孩呀！

說起話來就跟個法國人一模一樣。」

「那甜點呢？還是之後再點？」

侍者從他們眼前消失。阿娜莉雅一臉期待地看著父親。

「我們待會兒要做什麼？」

「首先我們要去聖奧諾雷街那間玩具店，隨你想買什麼就買什麼。然後我們就去帝國劇院看雜耍表演。」

她猶豫了一下。「雜耍我喜歡，但玩具店就不去了。」

「為什麼？」

「嗯，你已經送我這個洋娃娃了啊。」她的洋娃娃就帶在身邊。「我也已經有很多東西了。而且我們不再是有錢人了，對不對？」

「我們從來都不是有錢人。不過今天你想要什麼都可以。」

「好吧。」她順從地同意。

她的母親及法國祖母還在的時候，他傾向做一名嚴父；現在他則放開胸懷，展現出前所未有的寬大；他必須父兼母職，萬萬不可讓她感覺到一絲隔閡。

「我想跟你認識一下。」他一本正經地說：「容我先自我介紹一下，我的名字是查爾斯．威爾斯，家住布拉格。」

「嗳，爹地！」她笑得說不出話。

「請問你貴姓大名？」他繼續，而她也立刻進入角色。「阿娜莉雅．威爾斯。我住在巴黎的帕拉庭街。」

「已婚還是單身？」

「不，還沒結婚。單身。」

他指著洋娃娃。「可是我看你都有孩子啦，太太。」

她不願斷絕親子關係，於是將它揣進懷裡，腦筋飛快轉了轉。「沒錯，我是結過婚，但現在是單身。我先生已經去世了。」

他迅速接話：「那孩子的名字是？」

「西蒙娜。是依我學校裡最好的朋友取的。」

「很高興你在學校裡表現得這麼好。」

「我是這個月的第三名。」她得意極了。「愛兒西（她的表姊）大概才十八名，理察德差不多是墊底喔。」

「你喜歡理察德和愛兒西，對不對？」

「對啊，我很喜歡理察德，也蠻喜歡她的。」

他小心翼翼又若無其事地問：「那瑪麗恩阿姨和林肯姨父——你比較喜歡誰？」

「唔，林肯姨父吧，我想。」

他越來越能實際感受到她那醒目的存在。進門的時候，一陣「……真可愛」的竊竊私語便尾隨著他們，而現在鄰桌的人全都安安靜靜、目不轉睛地看著她，彷彿她跟朵無所知覺的花沒有兩樣。

「為什麼我不能跟你一起住？」她突然問：「因為媽媽死掉了嗎？」

「你必須留在這裡多學學法文。爹地很難把你照顧得這麼無微不至。」

「我已經不太需要什麼照顧了。我什麼事都自己做。」

走出餐廳時，有對男女不期然出聲跟他打了招呼。

「哎呀，是老威爾斯呀！」

「你們好呀，羅蘭……鄧肯。」

兩隻猝然現身的過往幽靈：鄧肯．謝弗，他大學時代結識的友人；羅蘭．夸洛斯，一位三十上下的淺金髮美女，也是三年前揮金如土的那段歲月中，曾助他們度月如日的那幫人之一。

「我丈夫今年來不了。」她回答他的問題時說道：「我們窮得跟鬼一樣。所以他每個月給我兩百塊錢，並跟我說想怎麼花都行……這是你女兒？」

「要不要再進來坐坐？」鄧肯問。

「沒辦法。」他很高興有個藉口。一如既往，他感覺到羅蘭那熱烈、撩撥人的魅力，但現在他自身的韻律已經不一樣了。

「好吧，那一起吃個晚飯如何？」她問。

「我有事。給我你們的地址，我再打電話給你們。」

「查理，我相信你沒醉。」她有如法官審判似的說：「我真心相信他沒醉。老鄧，捏他一把，看他是不是清醒的。」

查理朝著阿娜莉雅擺頭示意。他們倆都笑了。

「你的地址呢？」鄧肯語帶懷疑地問道。

他一陣躊躇，不願道出旅館的名字。

「我還沒安頓好。還是我打給你們好了。我們正要去帝國劇院看雜耍。」

「好耶！我也正有此意。」羅蘭說：「我正想瞧瞧小丑和耍特技的、變戲法的。我們就這麼辦吧，老鄧。」

「我們還得先去辦件事。」查理說：「或許我們劇院再見。」

「好啦，你這個勢利鬼……再見囉，小美女。」

「再見。」

阿娜莉雅禮貌地行了個屈膝禮。

還真是場叫人不快的偶遇。他們之所以喜歡他，是因為他神智清醒，因為他正經嚴肅；他們之所以想見他，是因為他現在比他們強，因為他們想從他的力量中汲取某種養分。

到了帝國劇院後，阿娜莉雅驕傲地拒絕坐在父親疊起的外套上。她已經是個自有一套規矩的個體了，反倒是查理心頭有一種愈加縈繞不去的願望——他想趁她完全定型之前，在她身上投下一點自己的影子。要在這麼短的期限內瞭解她，實在是希望渺茫。

幕間休息時，他們在有樂隊演奏的大廳裡遇到鄧肯和羅蘭。

「要喝一杯嗎？」

「好吧，但別上酒吧。就找張桌子坐吧。」

「模範父親。」

查理邊心不在焉地聽著羅蘭說話，邊看著阿娜莉雅的視線離開了他們的桌子。他的目光不捨地追著那雙眼在房裡打轉，想知道她究竟看見了什麼。他們四目相接，然後她笑了。

「那個檸檬汽水好喝哦。」她說。

她說過些什麼？他又期望些什麼？之後搭計程車回家的路上，他將她摟了過來，讓她的頭倚在他的胸脯上。

「寶貝，有沒有想你的母親？」

「有，有時候。」她含糊地回答。

「我不希望你忘記她。你有她的照片吧？」

「有，應該有。反正瑪麗恩阿姨有。為什麼你不希望我忘記她？」

「她非常愛你。」

「我也愛她。」

他們沉默了一陣子。
「爹地，我想搬去跟你一起住。」她突然說。
他的心猛地抽動一下。這就是他原本所期望的。
「你現在不是很快樂嗎？」
「是啊，但我最愛的是你，而既然媽咪已經死了，你現在最愛的也是我，不是嗎？」
「那當然。可是你不會一直都這麼愛我的，寶貝。你會長大，你會遇見某個與你年紀相仿的人，然後嫁給他，然後忘了你曾經有過一個爹地。」
「對，這也沒錯。」她平靜地同意。
他沒有進屋。他九點鐘還會回來。他要讓自己保持神清氣爽，到時才好說出那非說不可的話。
「進去安頓好之後，就到那扇窗邊露個臉吧。」
「好的，再見，爸比、爸比、爸比、爸比。」

他在漆黑的大街上等著，直到她出現在樓上那扇窗後，熱情洋溢地向夜色送著飛吻。

3.

他們正在等候。瑪麗恩坐在整套咖啡器皿後面，那一身莊嚴的黑色晚禮服讓人隱約聯想到喪服。林肯來回踱步，神情彷彿不久前才在滔滔不絕般激動。他們跟他一樣急於進入正題。他幾乎是開門見山地說道：

「我猜你們知道我這趟所為何來——我來巴黎的真正原因。」

瑪麗恩翻弄著項鍊上的黑色星星，皺起了眉頭。

「我極度渴望能有個家。」他繼續說：「我也極度渴望阿娜莉雅能成為這個家的一分子。我很感激你們看在她母親的分上收留她，但現在情況已有所不同……」他遲疑了一下，接著更強而有力地說：「我已經徹底改頭換面了，因此想請你們重新考慮這檔事。我不會愚蠢地否認自己三年前的惡劣舉止……」

瑪麗恩抬起頭，目光嚴厲地看著他。

「……但一切都過去了。正如我先前所說，我這一年多來每天最多只喝一杯，而且那一杯還我是刻意喝的，如此一來，酒這玩意兒就不會在我的意識中過分膨脹。你們明白我的想法嗎？」

「不明白。」瑪麗恩答得簡截了當。

「算是我對自己耍的一種花招。讓我對喝酒這檔事保持平常心。」

「我懂了。」林肯說：「你不讓酒對你有任何特殊的吸引力。」

「可以這麼說。有時候我忘了，就沒喝，但我會儘量記得去喝。不管怎麼說，目前的職務也容不得我酗酒。我代理的那些廠商對我工作上的表現滿意得不得了。我就要把我妹從伯靈頓接來替我理家，我也非常希望能把阿娜莉雅接過去。你們也知道，即便是我跟她母親處不好的時候，我們也從不讓發生的任何事波及阿娜莉雅。我知道她愛我，也知道自己有能力照顧她，還有……嗯，就這樣。你們覺得呢？」

他知道自己現在是免不了要被刮上一頓了。這恐怕會持續上一兩個小時，而且會很不堪，但若他能將自己無可避免的憤怒轉化為罪人改過自新後那種受教態度，或許終能達到目的。

克制你的脾氣——他對自己說——你要的不是公道。你要的是阿娜莉雅。

林肯先開口：「自從上個月收到你的信，我們就一直在討論這件事。我們很喜歡有阿娜莉雅在身邊。她是個可愛的小傢伙，我們也很樂意為她盡一點力，不過問題當然不在這裡……」

瑪麗恩突然插話。「你這份清醒會保持多久，查理？」她問。

「永久，我希望。」

「這誰能保證？」

「你知道我原本從沒喝多過，都是從我放棄事業來到這裡，又無所事事之後才開始的。接著我跟海倫開始四處……」

「拜託別把海倫扯進來。我受不了你那樣說她。」

他冷冰冰地注視著她。他從來無法確定這對姊妹在現實生活中的感情究竟有多好。

「我只酗了大約一年半的酒……從我們來這兒開始，直到我……垮掉。」

「夠久了。」

「夠久了。」他同意。

「我這麼做完全是為了海倫。」她說：「我總在想她會希望我怎麼做。坦白說吧，從你那個晚上做出那種可怕的事之後，你對我來說就已經不存在了。沒辦法，她畢竟是我妹妹。」

「是啊。」

「她臨終時託我好好照顧阿娜莉雅。要不是你那時候人在療養院，事情也不會走到今天這個地步。」

他無言以對。

「我這輩子都忘不了海倫來敲門的那個早上。她渾身濕透、抖個不停，說你把她鎖在門外。」

查理緊握椅子的扶手。這場面比他預期的還難應付。他打算來番長篇忠告與解釋，但才說了：「我那晚把她關在外面……」她就插嘴：「我可受不了再聽你老調重彈。」

沉默片刻之後，林肯說：「這事兒就別提了吧。你要瑪麗恩放棄法定監護權，將阿娜莉雅交給你扶養。我想對她來說，問題在於你是否值得她信任。」

「我不怪瑪麗恩。」查理慢條斯理地說：「不過我認為她可以完全信任我。我這三年來紀錄良好。當然，我隨時都有可能犯錯，這也是人性。但如果再等下去，我就會錯失阿娜莉雅的童年和擁有一個家的機會了。」他搖搖頭。「我就會真的失去她了，你們明白嗎？」

「是的，我明白。」林肯說。

「為什麼你之前就沒想過這些呢？」瑪麗恩問。

「我應該有想過，時不時會想到，但當時和海倫的關係很糟。同意交出監護權那時，我正躺在療養院裡，股市也把我榨得一乾二淨了。我知道自己行為失當，便心想若能為海倫帶來一點平靜，我什麼事都願意讓步。但現在情況不同了。我神智清醒，表現也檢點得要命，甚至……」

「請別在我面前說粗話。」瑪麗恩說。

他看著她，吃驚不已。她每脫口一句話，那股反感的力道便越來越強勁。她已將生命中所有的恐懼築成一道牆，而這牆如今就矗立在他的面前。這瑣碎的指責有可能是數小時前和廚子意見不合而導致的結果。想到得把阿娜莉雅留在這種對他充滿敵意的環境中，就讓查理感到越來越憂心；這種敵意遲早會顯露出來，或是一句數落，或是一陣搖頭，而這份不信任感多少將無可避免地深植於阿娜莉雅的內心。但他將臉上的怒氣壓下，埋進心底封存起來。他已經拿下一分，因為林肯意識到瑪麗恩話中的荒唐之處，於是輕聲問她何時開始對「要命」這字眼有意見了。

「此外——」查理說：「我現在也有能力提供她實質的助益。我會帶一個法國女家教一起回布拉格。我還租了一間新公寓……」

他意識到自己說錯了話，便就此打住。不能指望他們會心平氣和地接受他目前的收入又是他們兩倍之多了。

「我想比起我們，你的確能為她帶來更多的奢華享受。」瑪麗恩說：「你之前一擲千金時，我們可是過著連十法郎也要斤斤計較的日子……我猜你就要故態復萌了吧。」

「哦，不會的。」他說：「我學到教訓了。你知道，我也辛勤工作了十年……直到跟許許多多人一樣，在股市裡走運。太走運了。繼續工作似乎沒什麼意義，所以我那時候才辭職。但這種事絕不會再發生。」

一陣漫長的沉默。他們全都感覺神經緊緊繃著，查理這一年來頭一次主動想喝上一杯。他現在確定林肯有意把孩子還給他。

瑪麗恩突然一陣哆嗦。她一方面瞭解到查理現在是腳踏實地，而她自身的母性情感也認同他的願望乃是天經地義。然而另一方面，她長期生活在一種偏見中——這偏見建立於對她親妹妹的幸福有種奇怪的懷疑，而在那個可怕的夜晚所受的震撼後，偏見轉化成了對他的憎恨。這剛好全都發生在她人生同一個節骨眼上：那時，身體的欠安和外在的逆境讓她沮喪不已，非得相信有些具體的惡行及有形的惡人存在才行。

「我沒辦法不去想啊！」她猛然高聲道：「你究竟該為海倫的死負多少責任，我不知道。這你得跟你自己的良心去算清楚。」

一股電流般的激烈痛楚刷過他全身。有那麼一時半刻，他差點要站起來，一個待發的聲響在他嗓門間迴盪。他緊緊縛住自己一會兒，再一會兒。

「等一下。」林肯不自在地說：「我從不認為那是你的責任。」

「海倫死於心臟病。」查理木然說道。

「沒錯，就是心臟病。」瑪麗恩說得好像這句話別有他意。

接著，情緒爆發完後，她氣勢一洩，才終於將他看清楚了，也意識到他不知怎地已成功控制住局面。她瞥了丈夫一眼，發現從他身上得不到幫助，於是彷彿這是件無足輕重的小事一般，驟然舉起白旗投降。

「要怎樣隨便你！」她自座椅一躍而起，叫嚷著：「她是你的小孩。我才不來擋你的路。要是我的孩子，我寧可看著她……」她設法克制住自己。「你們兩個決定吧。我受不了了。我不舒服，先去睡了。」

她匆匆離開房間。過了一會兒，林肯說：

「她這一整天都很不好受。你也知道她多麼強烈地認為……」他的語氣幾乎是在道歉：「女人的腦袋啊，一旦生出什麼成見……」

「當然。」

「沒事的。我想她現在已經明白你……能教養那孩子，我們也就沒多少理由去阻擋你或阿娜莉雅。」

「謝謝你，林肯。」

「我最好去看看她的情況。」

「那我告辭了。」

他來到街上時渾身還在發抖，但沿著波拿巴街一路走到碼頭後，他重新振作了精神，跨越塞納河時，豎立於碼頭的油燈也讓他感到煥然一新，覺得興高采烈。可是他回到房間之後卻無法入睡。海倫的影像在他心頭揮之不去。他曾是如此深愛著海倫，直到他們開始無謂地糟蹋彼此的愛，將這愛扯個粉碎。就在瑪麗恩記憶猶新的那個二月駭人夜晚，一場愚蠢的口角持續了好幾個小時。他們在佛羅里達飯店當眾鬧了一陣，接下來他試圖帶她回家，再接下來她吻了坐在一張桌旁的小偉布，更接下來就是她曾歇斯底里訴說過的那件事了。他隻身一人回到家，並在盛怒之中將大門反鎖。他怎曉得她會在一小時後單獨返家，怎曉得外頭還颳起了暴風雪，而她就穿著便鞋在風雪中徘徊，糊塗到連輛計程車都不叫？事後，她奇蹟似的躲過肺炎的折磨以及所有恐怖的併發症。他們「言歸於好」，但那不過是一切終局的開端；瑪麗恩親眼目睹了這件事，並將之想像成妹妹眾多磨難中的一景，因此永難忘懷。

重新回想一遍後，他感覺與海倫更貼近了些；在清晨將至，半夢半醒間悄悄潛入的白色柔光中，他發現自己又在跟她對話了。她說他在處理阿娜莉雅的事情上完全正確，她也希望阿娜莉雅能跟他在一起。她說很高興他表現良好、大有進步。她還說了許多別的話——非常親切的話——但她穿著一身白衣在遢鞦韆，而且一直越遢越快，於是到了最後，他再也無法完全聽清楚她說的一字一句。

4.

他醒來時感覺愉快美滿。世界的大門再度敞開了。他為阿娜莉雅和自己制定計畫，展望前景，安排未來。但突然之間他又悲傷起來，回想起曾跟海倫制定過的許許多多計畫。她並沒有計畫要死。最重要的是當下——有工作可以做，有人可以愛。可也不能愛得太過火，因為他知道父親讓女兒，或母親讓兒子太過依戀時，可能造成的傷害：將來，到了外面的世界，這些孩子會在配偶身上尋求同樣盲目的柔情，而這多半會以失敗收場，最終讓他們轉而敵視愛情與人生。

又是一個明亮、爽朗的日子。他打電話到林肯・彼得斯上班的銀行，問自己是否有指望在回布拉格時，能帶著阿娜莉雅一起走。林肯同意沒有理由拖延，只有一個問題——法定監護權。瑪麗恩想再保留一段時間。整件事讓她心煩意亂，若能讓她感覺未來一年的情況仍在她掌控之中，事情會順利許多。查理同意了；他只要看得見、摸得著的孩子。

接下來是女家教的問題。查理坐在一間陰暗的介紹所裡，跟一個壞脾氣的貝亞恩人及一個豐腴的布列塔尼村姑面談，而這兩個他都受不了。還有其他人選，他明天會再來看。

他跟林肯．彼得斯在格里芬飯店共進午餐，並努力壓抑著自己的雀躍之情。

「沒什麼比得上自己親生的孩子。」林肯說：「但你也知道瑪麗恩心裡作何感受。」

「她忘了之前七年在那邊我是多麼賣力工作的。」查理說：「她只記得那一個晚上。」

「還有一點。」林肯吞吞吐吐地說：「當你跟海倫滿歐洲亂跑，揮金如土的時候，我們還在量入為出。我連經濟繁榮的邊兒都沒沾到，因為我向來不懂得搶占先機，頂多會買點保險。我想瑪麗恩心裡是有點不平衡啦……你到後來甚至根本不用工作，口袋裡的錢卻還越滾越多。」

「來得快，去得也快。」查理說。

「是啊，許多都落到服務生、薩克斯風手和餐廳領班手裡了——好啦，現在筵席已散。我說這些只是要解釋瑪麗恩對那些瘋狂年月的感受。你不妨今晚六點左右過來一趟，我們可以趕在瑪麗恩太累之前當場把一些細節敲定。」

回到旅館後，查理發現一封從麗池飯店酒吧用氣動管道轉傳過來的信件。查理為了找某個人而在那邊留了地址。

親愛的查理：

前幾天我們見到你那時候，你的模樣可真怪，我還懷疑自己是不是哪裡冒犯到你了呢。若真有這麼回事，我也不是有意的。事實上，過去一年我老是想到你，也一直隱隱約約覺得如果來到這裡，搞不好會見到你。我們在那個瘋狂的春天真的玩得很愉快吧，好比那晚和你一起偷走肉販子的三輪車啦，還有那次你光戴了頂只有帽邊的舊圓帽、拿了根鐵絲當手杖，我們就打算去拜見總統。最近每個人看起來都好老，但我一點也不覺得自己老了。今天能不能找個時間敘敘舊？目前我宿醉得厲害，但下午就會感覺好多了，五點鐘左右會到麗池的那間黑店找你。

永遠忠誠的老友

羅蘭

他當下第一個感覺是驚懼：身為一個成年人，他竟然真的偷過三輪車，還在凌晨至拂曉時分載著羅蘭繞遍整座星辰廣場★。回想起來真是場惡夢。把海倫鎖在門外超出了他這輩子的行事範疇，但三輪車事件沒有——這還只是諸多類似事件之一。一個人得放蕩多少個禮拜多少個月，才能臻於那種完全不負責任的境界？

他試著描繪當年眼中的羅蘭——非常嫵媚動人。海倫對此不太高興，儘管她什麼也沒說。而昨天在餐館裡的羅蘭顯得平庸、陰沉、憔悴。他一點也不想見到她，因此很高興艾歷克斯沒洩漏了旅館的地址。還是想想阿娜莉雅來舒緩一下心情，想想將跟她共度的每個星期天，想想每日跟她道早安，知道晚上她會在同一個屋簷下，於黑暗中靜靜呼吸著的情景。

五點鐘，他搭上計程車去為彼得斯家的大大小小買禮物——一個有趣的布娃娃、一盒羅馬士兵、給瑪麗恩的鮮花、送林肯的亞麻布大手帕。

進入公寓後，他看出瑪麗恩已經接受這事無可避免。她現在把他當成一個頑劣的家人招呼著，而非一個具有威脅的外來者。阿娜莉雅已被告知要離開這個家了。查理很樂見她聰明得體，懂得隱藏自己心中極度的喜悅。她只有坐在他膝上時才會悄悄附耳道出自己的歡欣，問了聲：「什麼時候？」再和另外兩個孩子一溜煙跑開。

他和瑪麗恩單獨在房間裡待了一分鐘。一時衝動之下，他大膽開口：

「家庭失和是很痛苦的事。這類的爭執毫無道理可循，完全不像疼痛或傷口，倒像皮膚龜裂，沒有足夠的血肉就無法撫平。我希望你我能相處得更融洽。」

「有些事不是說忘就能忘。」她回答：「這是信任問題。」這話沒有得

★現名戴高樂廣場，著名凱旋門的所在地。

到即時的回應，於是她旋即問道：「你打算什麼時候帶她走？」
「我找好女家教就走。希望是後天。」
「不行。我得幫她收拾好東西。最快也是星期六。」
他讓步了。林肯回到客廳，遞了杯酒給他。
「這就是我今天的份了。」他說。
這裡很溫暖，有家的樣子，人人都齊聚在爐火邊。做孩子的感到心安且受到重視，做父母的則愛家顧家、無微不至。他們得為孩子料理許多事，而這些事遠比他的來訪要緊。畢竟，一湯匙的藥水也重過瑪麗恩和他之間那劍拔弩張的關係。他們不是乏味的人，只是受生活與環境牢牢支配罷了。他不知道自己能否做點什麼，讓林肯擺脫銀行工作的一成不變。
一陣長而響亮的門鈴聲傳來。打雜女僕穿過客廳，沿過道向大門走去。門伴著又一陣長長的鈴聲而開，接著傳出了說話聲，客廳裡的三人便抬起頭觀望。林肯移動到看得見走廊的地方，瑪麗恩也站了起來。然後女僕沿著過道走回來，那些話音則緊緊尾隨其後，在燈光下逐漸化為鄧肯．謝弗和羅蘭．夸洛斯的身影。

他們開開心心，嘻嘻鬧鬧，也不時哄然大笑。查理一度驚駭莫名，想不通他們是怎麼打探出彼得斯家的地址的。

「啊——啊——啊！」鄧肯調皮地衝著查理搖了搖手指頭。「啊——啊——啊！」

他們倆又爆出一連串笑聲。在一陣焦急與不知所措之中，查理匆匆跟他們握了手，接著向林肯和瑪麗恩介紹兩人。瑪麗恩半聲不吭，只點了點頭。她已朝爐火邊退了一步；她的小女兒就站在身邊，她便順勢伸出一隻手摟住她的肩膀。

查理對這兩位不速之客感到越來越惱火，正等著他們自行解釋。鄧肯定了定神之後說：

「我們來找你吃晚飯。我和羅蘭堅決認為你這些鬼鬼祟祟、躲躲藏藏的把戲也該落幕了。」

查理走近他們，一副逼他們往後退回走廊的樣子。

「抱歉，我沒法去。告訴我你們會在哪兒吃飯，我半小時後打電話給你們。」

這方法沒起什麼作用。羅蘭突然在一張椅子邊上坐下，目不轉睛看著理察德，嚷道：「唷，多可愛的小男孩呀！到這兒來，孩子。」理察德瞥了瞥母親，一動也不動。羅蘭毫不掩飾地聳了聳肩，回過身面對查理：

「來吃頓飯嘛。你的親戚想必不會介意的。難得見到你，見到你卻又板著一臉正經樣。」

「我不行。」查理厲聲說道：「你們兩個去吃，我會再打給你們。」

她的語氣瞬間變得不悅：「好，我們就走。但我還記得你有次凌晨四點來敲我的門，我可是頗講義氣地讓你喝上一杯喔。走吧，老鄧。」

他們動作仍是慢騰騰地，帶著一臉陰鬱和怒氣，沿著過道大搖大擺退了出去。

「晚安。」查理說。

「晚安！」羅蘭惡狠狠地回了一聲。

他回到客廳時，瑪麗恩一動也沒動，只是她小兒子如今也站進她另一條手臂的環抱裡了。林肯依舊抱著阿娜莉雅，讓她像支鐘擺似的來回晃盪。

「太放肆了！」查理衝口而出：「真是不知分寸！」兩個人都沒答腔。查理一屁股坐進扶手椅中，接著拿起他那杯酒，又放下，說道：

「兩年沒見的人竟然膽敢……」

他突然住口。瑪麗恩剛發出一聲急促而強烈的「哼！」，現在已猛然背過身去，離開了客廳。

林肯輕輕放下阿娜莉雅。

「你們幾個孩子進去喝湯吧。」他說。他們乖乖走出客廳後，他告訴查理：

「瑪麗恩身體不太好，受不了驚嚇。那種人真的會把她逼出病來。」

「我沒有叫他們來這裡。他們不知從誰身上打聽出你的名字，然後故意……」

「嗯，太糟糕了。這對事情沒什麼幫助。恕我失陪一下。」

剩下查理獨自一人，緊繃地坐在椅子上。他能夠聽見那幾個孩子在隔壁房間裡邊吃飯邊隻字片語地閒聊著，已然忘卻大人間的不愉快。他還聽到從更遠的房間傳來的竊竊私語，接著是話筒拿起時叮地一聲鈴響——他趕忙移動到客廳另一頭聽不見聲音的地方。

一會兒後，林肯回來了。「這樣吧，查理，我想今晚的晚餐就先算了。瑪麗恩狀況不好。」

「她在生我的氣嗎？」

「是有一點。」他近乎敷衍地說。「她比較脆弱，而且……」

「你的意思是，阿娜莉雅的事她改變心意了？」

「她現在正在氣頭上啊。我也不知道。你明天打電話到銀行給我吧。」

「希望你跟她解釋一下，我作夢也沒想到這些人會跑到這兒來。我跟你們一樣火大啊。」

「我現在什麼也沒辦法跟她解釋。」

查理起身，拿了大衣和帽子之後便往過道走去。接著他打開飯廳的門，以生疏的語氣說道：「晚安，孩子們。」

阿娜莉雅站起身，繞過桌子跑上來抱住他。

「晚安，心肝寶貝。」他含糊不清地說，然後試著讓聲音柔和下來，試著去安撫些什麼：「晚安，親愛的孩子們。」

5.

查理徑直前往麗池飯店的酒吧，滿腔怒火地想找羅蘭和鄧肯，但他們不在那兒，而他一時也領會到自己無論如何都改變不了眼前的局面。他在彼得斯家時沒碰那杯酒，於是現在點了杯威士忌蘇打。保羅過來招呼他。

「變化真大。」他憂愁地感嘆：「我們的生意掉了一半。好些回美國去的熟人聽說都家財散盡啦，即便沒受到第一次崩盤的波及，第二次崩盤時也玩完了。我聽說，你的朋友喬治・哈特虧得一毛也不剩。你回美國了嗎？」

「沒有，我在布拉格做生意。」

「我聽說崩盤那時，你也虧損不少。」

「是啊。」接著他嚴肅地補了一句：「但我在飆漲的時候就已失去想要的一切了。」

「賣空啊。」

「類似吧。」

關於那些日子的回憶又一次像夢魘般掠過他眼前——一些在旅途中遇見的人，一些不懂加減乘除，或講話前言不對後語的人。還有參加船上宴會時海倫答應共舞，卻轉個身就在離桌十呎處辱罵她的那個矮小男子。也有喝了酒或嗑了藥，鬼吼鬼叫著被人從公共場合抬走的婦女和女孩……

……還有把妻子鎖在門外風雪中的男人。因為，二九年的雪根本不是雪。只要你希望它不是雪，付點錢就得了。

他走到電話前，撥到彼得斯家。接電話的是林肯。

「我一直惦著這事，就打來了。瑪麗恩有做出任何明確的表示嗎？」

「瑪麗恩很不舒服。」林肯簡略回答。「我知道這不完全是你的錯，但我也不能讓她因為這件事而垮掉。我們恐怕得先將事情擱個半年，我不能冒險再讓她激動成這個樣子了。」

「我懂了。」

「抱歉，查理。」

他回到桌前。他的酒杯空了，但當艾歷克斯投以詢問的眼神時，他搖了搖頭。現在他能做的不多，只能送些東西給阿娜莉雅。他明天要送她一大堆東西。他甚至有點氣憤地想，這不過就是錢罷了——他給過那麼多人錢……

「不，不用了。」他對另一位侍者說：「多少錢？」

總有一天他會再回來；他們不能總叫他付錢。他只想要回自己的孩子，而現在除了這件事，再也沒什麼是值得追求的了。他已不再年輕，不再有許多美好的念頭和夢想等著他獨享。他百分之百確信，海倫是不會希望他落得如此孤單的。

作家的午後
Afternoon of an Author

☒

1.

他醒來時感覺比過去許多個星期都要好；一個消極的事實慢慢浮現——他沒有感覺不適。他先在連接臥室和浴室的門邊上靠了一會兒，直到能確定自己沒有頭暈為止。一點也不暈，就連他彎腰尋找床底下的脱鞋時都不暈。

這是個晴朗的四月早晨，不過他完全不知道時間，因為他的鐘很久沒上發條了。但當他回身穿過寓所的房間進入廚房，發現女兒已用過早餐出門去，且郵件也已收進屋裡，他便知道九點已過。

「我今天應該會出門走走。」他對女僕説。

「對您有好處……這麼美好的日子。」她來自紐奧良，有著阿拉伯人的五官及膚色。

「我要兩顆昨天那種蛋，還有吐司、柳橙汁和茶。」

他在女兒於寓所中的活動區塊流連了一會兒，然後讀起他的信。盡是些內容惱人，叫人完全提不起勁的郵件——多半是帳單，以及印了奧克拉荷馬日校男童與其敞開的紀念冊之廣告。山姆．高德溫★或許會找史比希威沙合作拍一部芭蕾舞片，也或許不會——一切都得等高德溫先生從歐洲回來之後再說；搞不好到時他又生出幾個新點子了。派拉蒙電影公司想要取得作家書裡

★即Samuel Goldwyn，好萊塢知名電影大亨，電影公司派拉蒙及米高梅的創辦人之一。

某首詩的使用權，只是不知道那詩是原創還是引述而來。或許他們打算藉此取個片名。不過無論如何，他都不再握有版權——默片改編權已在多年前賣掉，而有聲電影的改編權也於去年售出了。

「在電影圈裡向來沒什麼運氣。」他告訴自己：「還是守好本分吧你。」

早飯間，他望出窗外，看著對面大學校園裡的學生趕課換教室。

「二十年前的我也老趕著上課呢。」他對女僕說。女僕露出她社交新媛般的笑容。

「我需要支票。」她說：「如果您待會兒要出門。」

「喔，我還沒有要出門。還得工作兩三個小時。我指的是今天傍晚。」

「開車出去兜兜風？」

「我才不開那輛破銅爛鐵……有人出五十塊錢我就賣了。我會搭巴士。」

早餐後他又躺了十五分鐘，然後進入書房開始工作。

問題出在那篇替雜誌寫的故事，到了中間就變得極其薄弱，彷彿隨時會被風吹得四散。那情節就像在爬一座無止盡的階梯，途中沒有埋藏任何一點驚喜的元素；至於前天以萬般英勇之姿登場的幾個角色，根本連上報紙的連載小說都不夠格。

「對，我肯定需要出去走走。」他心想：「開車南下雪倫多亞河谷應該不錯，或乘船去諾福克。」

但這兩個點子都不切實際——出門就要花時間跟精力，而這兩樣他都所剩無幾，都要留給工作。他將手稿讀過一遍，並用紅炭筆在佳句下劃線，再將之收進一個文件夾裡，然後把其餘的部分慢慢撕碎，棄置於廢紙簍。接著他在房中踱步，抽菸，偶爾自言自語。

「唔——嗯，讓我想想……」

「現——在呢，接下來……就是……」

「好了，現在……」

過了一陣子，他坐下琢磨著：

「根本了無新意嘛……應該休息個兩天別碰鉛筆的。」

他瀏覽筆記本中標列在「故事點子」之下的文字，直到女僕來通知他祕書正在線上——他生病後開始請的那位兼職祕書。

「什麼也沒有。」他說：「我剛把寫的全撕了。全都一文不值。我下午要出門。」

「對你好呀，今天天氣不錯。」

「最好明天下午來一趟……有很多信件跟帳單。」

他刮淨鬍子，然後謹慎起見，刻意等了五分鐘才更衣打扮。要出門了，這是多麼令人興奮的一件事——他不想聽到電梯服務員說很高興見到他又生龍活虎了，於是決定搭後樓的電梯，因為那頭的服務員不認得他。他穿上最好的西裝，儘管外套和褲子並不相配。他六年來只買過兩套西裝，但都是上好的——光是身上這件外套就要價一百一十美金。而既然一定要有個目的地——漫無目的地亂走不是個好主意——他便在口袋裡放了一條讓理髮師用的洗髮膏，還拿了一小瓶螢光劑。

「完美的神經病。」他注視著鏡中的自己，說道：「你這思想的副產品，夢想的熔渣。」

2.

他走進廚房跟女僕道別，彷彿自己即將前往南極探險。他在戰時曾為了避免自己擅離職守，光憑著虛張聲勢便強徵了一台火車頭，從紐約駛到華盛頓。現在的他則謹慎地站在街角等綠燈，同時看著一批批對車流視若無睹的年輕人匆匆從他身邊經過。樹下的巴士站青鬱而涼爽，讓他想起石牆傑克森★

的遺言：「讓我們渡河到彼岸的樹蔭下休息吧。」那些南北戰爭的指揮官似乎突然意識到自己是多麼疲倦——李*一蹶不振，恍若兩人，格蘭特*則在臨終前拚命疾書回憶錄。

一如他所預期——巴士上只有另一個人坐在車頂；行經整個街區時，不斷有綠色枝杈輕敲過每一扇車窗。那些枝杈或許會被修剪掉吧，似乎有點可惜。眼前的景致目不暇給，他遂嘗試界定一排房屋的顏色，但只能想到他母親一件老舊的歌劇斗篷，上面色彩繽紛，卻不屬於任何顏色——那僅是一件光線的反射物。不知哪裡的教堂鐘聲正奏著〈聖誕頌〉。他感到納悶，因為聖誕節距今還有八個月。他不喜歡鐘聲，但州長葬禮上的〈馬里蘭，我的馬里蘭〉鐘聲演奏令他大為動容。

有人正在大學校園裡的美式足球場上用滾壓器整草；一個標題閃過他腦中：〈草皮守衛員〉，不然就是〈綠草蔓生〉，內容則講述一個多年來靠修護草皮為業的男子把兒子拉拔長大，供他上大學、在校內踢美式足球。然後兒子英年早逝，男子就轉至墓園工作，改將植於腳下的草皮鋪在兒子身上。這會是那種經常被收進選集的文章，但不是他會寫的東西——完全是浮誇的對比，既和通俗的雜誌故事一樣制式，還更好下筆。不過，會有許多人認為這故事很棒，因為它兼富憂戚情感與深度，而且很容易懂。

巴士經過一座灰撲撲的雅典式火車站，因為站前穿著藍襯衫的行李搬運員才添了一點生氣。街道隨著進入商業區而縮窄，轉眼可見服色鮮艷的女孩子，個個美麗非常——他心想，從沒見過這麼漂亮的女孩子。街上也有男

★ Stonewall Jackson，美國南北戰爭時著名的南軍將領。
★ Robert Lee，南北戰爭時期南軍總司令。
★ Ulysses Grant，南北戰爭時期北軍總司令，後成為美國第十八任總統。

人，但樣子就蠢多了，就像鏡中的他；還有年長、樸素的婦女。不一會兒，女孩間也出現了些平庸、不討喜的面孔，但整體而言可愛動人，從六歲到三十歲一律身穿各色斑斕服飾，臉上不見心機或掙扎，只透現一種甜美的懸浮狀態，看來安詳又挑撥人心。有那麼一刻，他對生命熱愛不已，完全不想放棄。他心想或許自己錯了，不該這麼快衝出家門。

他小心地抓著扶手步下巴士，再走過一個街區到旅館設置的髮廊。他經過一間運動用品店時往櫥窗內望了望，唯獨一只接球凹處已然泛黑的一壘手手套能激起他的興趣。然後他在隔壁的男子服飾用品店前站了許久，注視著襯衫堆砌而成的濃厚色彩和那些格紋襯衫。十年前的夏日，作家和一些同行在法國里維拉買下了深藍色的工人格紋襯衫——八成是從那時開始流行的吧。格紋襯衫很好看，就如制服般亮眼；他希望自己正值二十年華，可以打扮得像透納（William Turner）畫筆下的落日或雷尼（Guido Reni）呈現出的黎明一般絢麗耀眼，再漂漂亮亮前往海灘俱樂部。

髮廊空間寬敞，閃閃發亮，香氣盈室——作家已有好幾個月沒專程為洗髮而上市區，這才發現自己熟悉的理髮師因關節炎在家休養。不過，他還是向另一位師傅解說了洗髮膏的用法，並謝絕了報紙，坐下來，帶點愉悅和肉慾上的滿足感受著強而有力的手指在他頭皮上遊走，所有曾光顧的理髮店也在此時交融成一片快樂的記憶，川流過他的腦海。

他曾寫過一則理髮師的故事。當時是一九二九年，他所居住的城市裡最中意的那間店，該店老闆從當地一名實業家身上賺得三十萬美金的小費，準備要退休了。作家當時在股市沒有任何投資，事實上，憑著已積聚的財富，他正打算搭船前往歐洲生活個幾年。就在那年秋天，他聽聞理髮師是如何失去所有財產後，便受到激發寫下了一篇故事。故事徹底隱去了各方面的細節，但緊扣一個理髮師在世上平步青雲，再重重摔落的事實。儘管如此，他仍聽說這故事被城裡的人認了出來，還引發不少反彈。

洗髮結束。他走到外面大廳的時候，一組管弦樂隊已開始在對面的酒吧登台演奏。他站在門邊聽了一會兒。他好久沒跳舞了，這五年來或許就只有兩個晚上跳了舞，而他上本書的某篇評論卻還提到他愛混夜店；也正是該篇評論將他描述成一個筆耕不輟的作家。心中默念這個形容詞時，發音中某種無法名狀的東西讓他一時難以自持，感覺脆弱的淚水開始在眼後打轉，他別過身去。這情況就像他十五年前剛起步時，人們總說他有種「致命的輕鬆寫意」，他遂像個奴隸般一句一句苦心琢磨，以免被說中。

「我又在自怨自艾了。」他對自己說：「這樣不好，不好……得回家去了。」

巴士還要好長一段時間才來，但他不喜歡搭計程車，也仍然希望坐在巴士上層，穿行於大道的綠色枝葉間時，會有什麼靈光乍現。巴士終於來了；他費了番功夫才爬上階梯，不過很值得，因為他第一眼就望見一對高中男女，毫無羞澀地坐在拉法葉侯爵塑像的高底座上，全神貫注地看著對方。他們這般與世隔絕感動了他，他也知道自己接下來可以用專業的手法從中提煉出什麼，只要跟他自己漸顯隱僻的生活，以及日益在已揀選完的過去中一再翻揀的強烈需要有所對比就好。他必須重新造林，他很清楚這點，也希望這片心田經得起再一次的栽種。那從沒長成最頂級的沃土，因為他早早養出了賣弄炫耀的毛病，而沒有好好聆聽和觀察。

寓所到了。進屋前，他抬眼望向頂樓的自家窗戶。

「功成名就之作家的住所。」他自言自語：「不知道他正在上頭振筆疾書什麼了不起的巨作。擁有那樣的天分一定很棒——只消拿起鉛筆和紙坐下來就行了。想工作時再工作，高興去哪就去哪。」

他的孩子還未返家，倒是女僕走出廚房對他說道：

「玩得還開心嗎？」

「開心極了。」他說：「我溜了冰、打了保齡球，還跟摔角手大山狄恩過招幾回合，最後洗了土耳其浴作結。有電報嗎？」

「沒有。」

「替我倒杯牛奶，好嗎？」

他穿過飯廳，轉進書房，猛地被兩千本藏書映著晚霞反射出的光芒照得一陣目眩。他相當疲憊——他會躺上十分鐘，然後看看在晚飯前的兩個鐘頭，自己能不能起個頭。

柏林
故事集

見證仇恨吞食人心，黑暗興於無

二十世紀英語小說經典之

「精確描繪出一個正邁向沉淪的社會

—喬治・歐

克里斯多福・伊薛伍德最知名的代表

以冷靜旁觀之
觀察芸芸眾生伴隨納粹崛起前的德國邁向沉
一窺柏林紙醉金迷卻黑影暗伏的生

「不，即使到現在，我仍無法完全相信這一切真的發生過……

柏林故事集
The Berlin Stories

柏林最後列車
Mr. Norris Changes Trains

再見，柏林
Goodbye to Berlin

Francis Scott Key Fitzgerald NO. 02

國家圖書館出版品預行編目資料

富家子：費茲傑羅短篇傑作選. 2 / 史考特・費茲傑羅
(F. Scott Fitzgerald)著；劉霽譯. -- 初版. -- 臺北市：
一人, 2013.12

224面；　13×19.8公分

譯自：The Rich Boy : Selected Short Stories of F. S. Fitzgerald
ISBN 978-986-89546-2-5(平裝)

874.57　　102022380

富家子——費茲傑羅短篇傑作選2

作者　史考特・費茲傑羅　F. Scott Fitzgerald
選文翻譯　劉霽
校訂　陳婉容
編輯　劉霽
封面設計　小子
版面設計　陳恩安
出版　一人出版社
地址：臺北市南京東路一段二十五號十樓之四
電話：(02)25372497
傳真：(02)25374409
網址：Alonepublishing.blogspot.com
信箱：Alonepublishing@gmail.com
總經銷　聯合發行股份有限公司
電話：(02)29178022
傳真：(02)29156275
二〇一三年十二月　初版
定價新台幣二五〇元